亡者路邊攤

鬼魅編織的驚悚與溫情

路邊攤 著

推薦序

我喜歡看小說，喜歡在文字間感受作者筆下的人物，揣摩他們的情緒，俯瞰他們的故事。喜歡透過閱讀文字，讓角色的輪廓慢慢在腦海中拼湊出來。

第一次接觸到攤大的作品，是紅點。攤大描繪的角色個性鮮明，故事劇情精彩，我很快就讀完了，並且還意猶未盡。於是，我當時把連載中的詭誌也一次追到進度上。也就是那時候開始，攤大腦袋裡的故事藍圖，慢慢在我這生根萌芽。

好一段時間，我一有閒暇就到PTT上看看攤大更新了沒，除了讓我入坑的詭誌系列，其他的小短篇我也都愛不釋手，可以說是我的精神糧食。有幸在二〇二三年二月，透過公司跟攤大有了音樂影像與文字的碰撞，我們共同創作了一首歌也同時是一篇故事。

《手錶的被動學》

當初看到故事架構的時候，就有種說不出的感動，自己的歌能請到欣賞的作家一起協力創作，真的是莫大的榮幸，也算是達成了一個自己的里程碑。更別說還受邀寫了攤大的推薦序，也是十足讓我受寵若驚，從來沒想過有一天自己也能為喜歡的作者寫序。希望所有的讀者都能像我一樣，盡情沉醉在攤大文筆下的魔力與魅力，感受這些故事帶給我們感官的衝擊、驚喜和感動。

創作歌手　田亞霍

作者序

《亡者路邊攤》，這是路邊攤短篇系列的第二本。

跟第一本一樣，這次的內容也是以短篇故事為主，只不過這次收錄的有一部分是帶有療癒感、讀起來會讓人心裡充滿能量的鬼故事。

每個星期在粉絲專頁上進行讀者服務，寫新的故事給大家看時，我都會煩惱這次要寫可怕驚悚的鬼故事好呢？還是要寫加了洋蔥，會讓讀者感動的鬼故事好呢？

不過要寫怎樣的題材也不是我能決定的，因為靈感常常把我帶到連我自己都無法想像的故事裡。

用路邊攤這個筆名寫出第一篇鬼故事到現在也十幾年了，創作現在對我來說與其說是一種技術，不如說是一種直覺，當我覺得這個題材好像可以寫時，大腦就會開始把靈感組構成故事，探尋故事可行的各種方向，最後我再用自己的文字把故事寫出來，最困難的部分就是一開始的直覺，故事要走驚悚還是溫馨風格，往往在直覺出現的時候就決定了，只是這個直覺不知道什麼時候會出現，出現之前我也不知道下篇故事要走什麼風格，因此有許多讀者都說看我的故事就像在踩地雷，從標題無法判斷風格，總要看到結局才知道自己這次是會被嚇到還是被療癒。

兩種風格的故事我都很喜歡，不過寫溫馨的鬼故事時，只要那個點有打中讀者的心，讀者的分享次數跟帶來的流量都是很可觀的，好像比起可怕的鬼故事，大家會更樂於分享感動的情緒，像這本書中收錄的《六十分就很棒了》跟《筆跡的溫度》就是這樣的故事。

我想差異性在於，當大家看驚悚風格的鬼故事時，那種受到驚嚇的娛樂效果確實很吸引人，但等腎上腺素退去後，感覺就變淡了，跟鬼片只有第一次看時才覺得恐怖是同樣的道理，而能療癒他人的鬼故事，那股能量卻會留在心裡很久很久，而且會不由自主地分享出去，想讓其他人也感受到這股感動。

最好的例子就是《六十分就很棒了》這個故事，故事的主軸是一間紅豆餅攤，只要拿六十分的考卷就能跟老闆兌換一個免費的紅豆餅，雖然是鬼故事，但許多讀者都說這個故事救了他們，現實中也有店家受到啟發而發起跟故事中一樣的活動，故事從網路影響到現實，這讓我更加瞭解不能輕忽自己的故事，文字的力量是很強大的。

當然，也有讀者覺得看鬼故事就是要被嚇到，不恐怖的鬼故事就不是鬼故事，這樣的觀點我也能理解，畢竟恐懼才是鬼故事的精髓。

在這本書中，究竟要當療癒人心的良心路邊攤？還是恐怖的黑心路邊攤？最後決定兩種口味一次滿足。

從第一個字開始感動落淚，到最後一個字又嚇得不敢睡覺，這樣的路邊攤不是很值回票價嗎？

目錄

第二攤

來些重口味，看到不敢睡

不自覺落淚

第一攤

先加點洋蔥，

六十分就很棒了

放學時間，學校附近的街道總會出現許多賣飲料跟小吃的路邊攤車。

這些攤販的客群正是剛放學的學生，有的學生會直接在這裡買晚餐，也有準備前往補習班的學生買好後會邊走邊吃，為晚上的補習課程補充能量。

我跟學生們一起擠在購買食物的人潮當中，但我不是來買晚餐的，我來到這裡，是為了尋找回憶中的紅豆餅。

算算時間，我從這間學校畢業也二十多年了，當年青澀的模樣在我身上已經徹底消逝，留下的只剩中年大叔的滄桑。

二十年前的學生記憶在我眼前依然清晰，這條街道在當時就是學生間知名的路邊攤美食街，各種便宜的小吃在這裡都找得到，鹽酥雞、珍珠奶茶、大腸包小腸、章魚燒……食物豐富的程度可以比擬一間夜市了。

當時有一間攤販是賣紅豆餅的，沒有招牌，老闆是個禿頭的阿伯，圓圓的臉看起來跟紅豆餅一樣，我跟同學都叫他紅豆餅阿伯。

那個年代的紅豆餅口味很簡單，以紅豆、奶油跟鹹高麗菜這三種為主，不像現在有珍珠卡士達或爆漿巧克力等新奇的口味。

紅豆餅阿伯有一個特殊的規定，那就是只要帶著考六十分的考卷去找他，就可以換一份免費的「及格紅豆餅」。

這樣的福利並不是紅豆餅阿伯原創的，當時也有許多店家針對學生推出考好成績就能換免費商品的活動，但這些店家的標準都不低，沒有一百分的話，至少也要考到九十分以上，紅豆餅阿伯卻只要六十分就好。

因為門檻不高，所以放學後排隊領及格紅豆餅的學生人潮總是大排長龍，當時沒什麼零用錢的我也是其中之一，只要能成功領到紅豆餅，我就會開心一整天，想想真是單純，不過就是一個紅豆餅而已。

有同學問過紅豆餅阿伯，為什麼只要六十分就可以領紅豆餅了？

紅豆餅阿伯總是一邊在餅皮裡放入滿滿的餡料，一邊笑著回答：「對我來說，有六十分就已經很棒了！」

*****

回到現在，我跟著學生的人潮從街頭走到街尾，卻沒有看到紅豆餅阿伯的攤車。

這也難怪，都二十多年了，紅豆餅阿伯早就把攤車收起來了吧？這麼長的時間，也不知道紅豆餅阿伯是不是還健在……

既然找不到紅豆餅阿伯，那我也沒有待在這裡的理由了。

我開始朝另一個目的地，學校後方的廢棄工廠前進。

我還在這裡就讀的時候，這間廢棄工廠就是知名的自殺地點，那個年代的課業壓力很重，加上學校仍保有打罵教育，考不好的話整堂課舉手罰站、少一分打一下等酷刑，對我們來說都是家常便飯。

聽說當時有不少學生會跑來廢棄工廠自殺，偶爾也會發現大人的屍體，所以我們上課的時候經常能聽到警車跟救護車的聲音。

那個備受苦難煎熬的青春期，我撐過去了，但我卻無法撐到最後。

我是一個勉強及格的學生，但現在的我只是個一事無成、不及格的大人。

我考上大學、學習到專業的知識、找到一份不錯的工作，好不容易才在公司裡升到主管職。

當上主管後，妻子跟家人都為我感到開心，我也以為我會從此平步青雲，還貸款買了新車跟房子。

不久後，惡夢降臨，公司因為ＡＩ技術的崛起進行一波大裁員，我也是犧牲者之一。

「你們的這些工作，現在交給ＡＩ來做就好了。」

公司高層的一句話，我在公司裡累積的年資跟技術便在一夕間化為灰燼，過去努力的一切全化為泡影。

工作沒了，家庭的支出跟貸款仍壓在我的肩膀上，公司裡的年輕人還有時間能轉行，那我呢？

雖然能找一般的工作來賺錢，但我算過了，就算不眠不休連打三份工，賺到的錢仍跟我原本的收入有差距，光是貸款就要把錢吃光了。

最後，我只能把貸款的車子跟房子都賣掉，現在也跟妻子離婚，恢復單身一個人的生活。

過往那數十年的努力，對我來說好像在作夢一樣，虛假又不切實際。

我無法理解，要是我能輕易被ＡＩ取代，那我活著到底有什麼意義？

我走到廢棄工廠的鐵門入口，二十多年了，這座工廠給人的感覺還是這麼絕望。

鐵門外堆放著許多垃圾袋跟廢棄傢俱，似乎有不少人會把垃圾偷偷拿來這裡丟。

而我也即將成為被丟棄在這裡的垃圾了……在這裡自殺的話，應該要等很久才會被發現吧？如果能永遠不被發現的話，那就太好了。

工廠鐵門用鐵鍊固定著，但門中間有一個巨大的縫隙，剛好能讓一個人鑽進去。

我側過身，抬起腳穿過縫隙，當我前腳剛落地、正要收後腳的時候，我沒注意到有一根鋼筋橫躺在我的正前方，我剛走出第一步就被那根鋼筋絆倒了。

「啊，痛死了……」我摸著被絆倒的腳踝，痛苦地站起身來，這感覺比腳趾踢到櫃子還要痛。

這時，一股熟悉的香味飄進鼻子，讓我瞬間忘了腳踝上的疼痛。

「這是……」

錯不了的，這是紅豆餅的香味，為什麼這味道會出現在工廠裡？

我抬起頭來，只見工廠內部滿滿都是遺棄的大型垃圾，其中有好幾台廢棄的小吃攤車，應該是外面的攤販生意不做了之後，就直接把攤車丟在這裡了。

那些攤車當中，有一台正冒出陣陣熱氣，還伴隨著紅豆餅特有的香味。

攤車旁邊站著一個二十多年不見的人影，是紅豆餅阿伯，他正在紅豆餅的模具上添加各種餡料，甜甜的紅豆餡、濃郁的奶油、香鹹清脆的高麗菜，都是各種讓人懷念的味道。

為什麼紅豆餅阿伯會在這裡？我是在作夢嗎？

儘管懷疑眼前看到的景象，我的身體仍被香味吸引，無法控制地朝紅豆餅阿伯走去。

「你來了啊！」

紅豆餅阿伯看到我，馬上用紙袋裝了一個紅豆餅遞給我。

「來，這是你的及格紅豆餅！」

紅豆餅阿伯笑嘻嘻地對我說，彷彿這是我應得的。

但是他錯了，我根本不配得到這個紅豆餅。

「阿伯，我這次沒有及格……」我看著阿伯手中冒出熱氣的紅豆餅，說：「我現在是個不及格的大人，沒有資格拿……」

「你還活著不是嗎？好好活著就是及格了！」阿伯直接把紅豆餅塞到我手上，然後握住我的手，要我把紅豆餅拿好。

「活著的力量是很強大的！不能忘記這一點喔！」

紅豆餅阿伯對著我用力點頭。

我低頭看著手中的紅豆餅，紅豆餅的溫度藉由手掌傳遞到全身，肚子咕嚕一叫，我終於忍不住了，張開嘴巴從紅豆餅中間大口咬下。

好好吃，太好吃了！我多久沒有吃過這麼美味的食物了？

我閉上眼睛，眼淚不由自主地流下。

我終於知道我以前領到紅豆餅時為何會那麼開心了，獎品是什麼並不重要，重要的是因為自己的努力而獲得肯定的感覺。

就算只有及格而已，那也是我們努力的結果，有時候為了及格，我們就已經使盡全力了，活著也是一樣的。

紅豆餅的力量充滿全身後，我睜開了眼睛。

工廠內只有我一個人，在我眼前的是紅豆餅阿伯的攤車，攤車上積滿灰塵，紅豆餅的模具靜靜躺在車上，剛才發生的一切都像是一場夢。

不，那不是夢，紅豆餅阿伯還在這裡……

難怪這幾年都沒看到有人在廢棄工廠自殺的新聞，原來是因為有紅豆餅阿伯守在這裡啊。

我打了一個嗝，紅豆餅的味道跟著飄散出來。

剛剛還捧著紅豆餅的雙手現在雖然是空的，但靈魂的飽足感是真實的。

手錶的被動學

一看到堆積在辦公室角落的禮物盒，俊哲知道，公司一年一度聖誕節交換禮物的日子又到了。

俊哲公司交換禮物的方式比較特殊，十二月中的時候，所有人就會先以隨機保密的方式抽出自己送禮的對象，知道誰會收到自己的禮物後，買禮物的時候就可以依照對方的喜好來挑選禮物，讓大家都能收到適合的禮物。

當天下班後，同事們沒有急著回家，每個人都引頸翹望著，不知道自己會收到什麼禮物。

老闆親自出來主持交換禮物的活動，五十歲的老闆比俊哲大上整整二十歲，靈魂卻跟年輕人沒有兩樣，時不時會在公司裡搞一些新潮的活動。

隨著揭曉的禮物越來越多，老闆的情緒也越來越亢奮：「下一個準備收禮物的是……俊哲！是誰抽到俊哲呀？」

「是我！」一名女同事舉起手來。

女同事是俊哲的大學學妹，她剛進公司的時候就是俊哲負責帶她的，為了炒熱氣氛，老闆刻意在用詞上加油添醋地說：「那麼剛好！妳準備了什麼禮物送給妳尊敬的學長？可以形容一下嗎？」

「我送的是學長每天都隨身攜帶、很需要的東西。」學妹雙手捧著一個長條形的小盒子遞到俊哲面前。

聽學妹這樣說，俊哲還是猜不到是什麼禮物，只能先拆再說了。

俊哲三兩下把包裝紙拆開，答案很快就揭曉了，是知名品牌的男用手錶。

「我看學長的手錶都沒有在走，好像壞掉很久了，所以才選這個禮物，希望學長會喜歡。」

聽到學妹的話後，所有人的眼神紛紛看向俊哲的手腕。

只見俊哲左手戴著一支黑色錶帶的手錶，明明已經晚上七點了，俊哲的手錶卻還停留在六點十三分，秒針也沒有走動，手錶明顯停止運作了。

放眼望去，公司裡戴手錶的人並不多，因為多數人已經習慣直接用手機來看時間，剩下少數有戴錶習慣的人也是把手錶當成裝飾配件，對使用者來說，手錶的欣賞性已經大於實用性了。

雖然俊哲仍習慣戴手錶，但他平時都會用長袖把手錶遮起來、刻意不讓人看到，沒想到學妹會注意到這支手錶，而且還發現手錶沒有在動的事情。

「戴上去！戴上去！」

在老闆跟同事的慫恿下，俊哲只好先把手錶取下來、戴上學妹送的新錶，然後像模特兒一樣把手腕展示給所有人看。

「謝謝妳，我很喜歡。」

俊哲向學妹道謝，不過他心裡其實是抗拒這份禮物的。

一支手錶的價值不是光靠品牌就能決定的，戴在自己手上形影不離的東西，怎麼能說換就換？

就算這樣，俊哲也不打算怪罪學妹，因為學妹根本不知道那支手錶對自己的意義、更不知道它之所以停止走動的真相。

直到交換禮物派對結束，俊哲回到自己車上的時候，他才把學妹送的錶取下來，重新戴上黑色錶帶的舊手錶。

這支手錶沒有壞，只是暫時停下來而已，這是兩件不一樣的事情。

六年來，俊哲一直記得這一點。

*****

房間裡習慣放時鐘的人，關燈入睡後一定還能聽到時鐘不停走動的細微聲響。

聽著聽著，那規律的走動聲彷彿跟心跳合為一體，喀噠、撲通、喀噠、撲通，兩者的節拍逐漸同步，意識也跟著沉穩入睡。

除非，房間裡突然出現了平常沒有的聲音……

喀噠、喀噠。

手錶秒針走動的聲音從床頭櫃上傳來，這聲音讓俊哲的意識瞬間清醒，從睡夢中回到現實。

俊哲不是個淺眠的人，每天早上的鬧鐘都要響好幾次他才醒得來，而他現在卻被手錶秒針的聲音吵醒了……不，用吵醒這個詞可能不太貼切，因為俊哲等這個聲音已經等了六年。

意識醒來後，俊哲花了一段時間才把沉重的眼皮睜開來，迷濛的睡眼加上近視，俊哲短時間內還無法看清眼前的事物。

模糊之中，只見一個人影站在房間門口，儘管只能看到隱約的輪廓，俊哲還是馬上認出了人影的身份。

「翠蔓！」喊出名字的同時，俊哲也拿起眼鏡戴到臉上。

眼前的視野終於變得清晰，俊哲朝房門一看，門口沒有半個人影，房門也鎖得好好的，不像有人進來過。

奇怪，那剛才那個人影是……是自己看錯了嗎？

俊哲的眼神接著朝床頭櫃上瞄去，那支黑色錶帶的手錶就擺在上面。个看還好，這一看讓俊哲整個人像觸電般從床上跳起來，並抓起手錶湊到眼前確認自己沒有看錯。

錶盤上的時間不再是六點十三分，而是跑到了六點十五分的位置，代表在俊哲睡著的這段時間，手錶往前走了兩分鐘。

這微不足道的兩分鐘，對俊哲來說卻是非同小可。

顧不得身上還穿著睡衣，俊哲抓著手錶直接衝出房間，俊哲住的是合租套房，房門外是一條長長的走道，走道兩側則是其他租客的房間。

此時的走道上只有俊哲一個人，樓梯口的感應燈是暗的，代表有一段時間沒有人經過了。

難道剛才的人影真的是自己看錯了？但手錶確實動了啊。

俊哲把手錶緊緊握在手裡，這支手錶沒有壞，只是無法自己走動。

既然它剛才動了，代表「另一支手錶」一定就在附近……

*****

聖誕節的週末假日，原本保有獨特台灣美學的街道全都掛上花花綠綠的聖誕裝飾，出來逛街的情侶也比平常多，俊哲幾乎一路低著頭前進，好不容易才抵達了目的地。

那是一間藏在巷子裡的不顯眼鐘錶店，踏進鐘錶店後，俊哲發現櫃台後面沒有人，只有一個小鈴鐺跟一張寫著「顧客請按我」的紙條。

俊哲不加思索地按下鈴鐺，同時環視著店裡的環境。

這間鐘錶店的風格很特殊，店裡賣的不是名牌錶，而是許多造型各異、塗著各式彩繪的藝術手錶，很多文青年輕人都喜歡這樣的手錶。

當年要不是翠蔓拉他進來，俊哲根本不知道這間店的存在。

俊哲的眼神定焦在櫃台旁邊的貨架上，六年前，他跟翠蔓就是站在那裡一起買下那雙對錶的。

當時，翠蔓把架上的手錶一支一支拿起來，像發現寶物似的跟俊哲介紹錶面的畫工跟其獨特的設計，不過俊哲對這些沒興趣，只是懶洋洋地聽著。

「我們買這雙錶回去做紀念吧，一人一支！」

聽到翠蔓這樣說，俊哲有點厭煩地說：「蛤？我也要喔？」

「這兩支手錶的設計很適合我們耶，你先戴戴看！」

翠蔓左右手各拿起一支手錶，其中一支是咖啡色錶帶的女錶，另一支則是黑色錶帶的男錶……

突然，一句「歡迎光臨」把俊哲從回憶中拉回來，鐘錶店老闆不知道從哪裡冒了出來，正站在櫃台後面看著俊哲。

老闆是個留著山羊鬍、手臂上滿是刺青的中年男人，看上去就像個怪胎藝術家。

不等俊哲說話，老闆一看到俊哲手上戴的手錶，便張嘴驚呼道：「哇賽！你手上這支錶……是從我們店裡買的『被動對錶』嗎？」

「老闆，你還記得這支錶？」

俊哲拿下手錶放到櫃台上，老闆扭動脖子用各種角度欣賞這支錶，一邊說：「當然了，每一支賣出去的錶我都記得很清楚，因為都是藝術品吶，特別是你這支『被動對錶』，它的設計理念是最浪漫、也是最適合情侶的，這雙對錶裡面裝有特殊的磁鐵，一定要兩支手錶擺在一起，靠著體內的磁體互相驅動才能上鍊，只要有一支落單，時間就失去意義了……」

老闆發揮本身的怪胎性格，喋喋不休地說起跟手錶有關的事情，說到最後他問：

「我記得另一支對錶是咖啡色的女錶，也在你身上嗎？」

「另外一支錶……不見了。」俊哲撒謊，他知道那支錶在誰身上。

「不見了？」老闆錯愕地張大眼睛，隨即嘆口氣說：「可惜呀，這雙對錶已經停產，市面上都看不到了，我也只進過一次貨而已。」

「老闆，在沒有另一支錶的情況下，這支錶還有可能動嗎？」俊哲問。

老闆馬上搖頭說：「不可能，少了另一塊磁鐵就不會再動了，這是設計者故意的，除非裡面的零件鬆脫故障了，指針才有可能移位。」

這正是俊哲今天來這裡的目的，他說：「老闆，可以請你幫我檢查一下裡面的零件嗎？」

「樂意至極。」

老闆像拿到寶物一樣，他迫不及待地把俊哲的手錶蓋掀開來一一檢視每個零件，不過沒有發現故障的地方。

檢查完手錶內部後，老闆說：「零件都很正常……需要我把裡面的磁鐵拿掉，改成一般手錶的結構嗎？這樣就可以正常使用了。」

「不用了，沒關係。」俊哲婉拒了老闆的好意，說：「那支不見的對錶……我相信我一定會找到的。」

＊＊＊＊＊

走出鐘錶店時，俊哲心裡鬆了一口氣。

手錶沒有故障，代表昨天深夜的那兩分鐘不是偶然，而是翠蔓真的就在附近。

沿著街道繼續往前走，一個熟悉的招牌印入眼簾，是一間義大利餐廳。

俊哲想起來，六年前跟翠蔓一起買下對錶後，他們的下一站就是來這間餐廳吃飯，俊哲對義大利料理沒有興趣，比起義大利麵跟披薩，他更喜歡吃炸雞漢堡，不過翠蔓對義大利料理情有獨鍾，自己只好陪她一起吃。

時隔六年，俊哲又走進了這間餐廳，他本來想選他跟翠蔓上次坐的位置，結果那裡已經坐了一對情侶，俊哲莫名覺得那對情侶很礙眼，於是選了最角落的位置，背對那對情侶而坐。

眼前只有牆壁，就算俊哲選擇視而不見，回憶還是會殘酷地自己找上門來。

那天，兩人剛吃完義大利麵，翠蔓就把手機拿到俊哲面前，說：「我們等一下去這裡好不好？」

螢幕上是一間藝廊舉辦畫展的活動資訊，地點就在附近。

「逛一天很累了耶，我想回家休息了。」俊哲對這類靜態活動實在提不起勁，對他來說畫作就是在紙上塗上一堆亂七八糟的顏料。

「可是我想去看耶。」

「那妳可以自己去呀，我怕我會看到睡著。」俊哲直接打了個哈欠。

「好吧……」翠蔓失落地收回手機，嘴裡低喃著一句話。

「妳說什麼？」

「……我說，我會自己一個人去。」

這時，俊哲還沒聽出翠蔓這句話的真正意義。

一個禮拜後，俊哲就收到了翠蔓的分手簡訊。

不，其實俊哲也不知道那算不算分手，因為翠蔓的簡訊中只寫著：「我一個人去了，再見。」

從那時起，俊哲就徹底失去了翠蔓的消息，她將門號跟社群網站全部關閉，宛如人間蒸發般消失在這個世界上，就算聯絡上翠蔓的家人，他們也只會跟俊哲說「她比較有自己的想法，應該很快就回來了」之類的敷衍話語，看得出來翠蔓的家人在幫她隱瞞去向。

不過，至少俊哲知道翠蔓沒有失蹤，她只是選擇了失蹤這個手段來離開自己。

但是，為什麼？俊哲一直想不透原因，他跟翠蔓從學生時代一直交往到現在，兩人也從年少時的轟轟烈烈提前進入到老夫老妻階段，生活中的一切都少不了對方，翠蔓為何就這樣突然消失？

直到幾個月後，俊哲從低潮中走出，打算整理身邊跟翠蔓有關的東西時，他找到了答案。

他發現，他身邊跟翠蔓有關的物品，只剩下那支黑色錶帶的被動對錶。

最近這幾年，每當遇到節日或紀念日，翠蔓說要送禮物給他時，俊哲總是說都在一起這麼久了，不用再費心準備禮物，搞到最後兩人只有出去吃頓飯而已。

在一起的時間越久，這種現象就更為明顯，俊哲逐漸把翠蔓的存在視為理所當然，既然是情侶，就該一起出現、一起約會……但俊哲忽略了一個重要的問題，那就是翠蔓真正想要的，真的是這樣嗎？

俊哲曾經想把手錶丟掉，只是走到垃圾桶前面時，他卻無法鬆手拋下手錶。

一旦拋下這支手錶，代表翠蔓的存在將從自己身邊徹底消失……意識到這點後，俊哲才發現自己有多捨不得。

在垃圾桶前猶豫許久後，俊哲終於將手收了回來。

看著手中的對錶，俊哲頓時覺得被動對錶這名字取得真是諷刺，明明愛情是需要主動才能維持下去的啊……

只要少了其中一支，對錶的時間就無法再繼續行走，但俊哲還是把手錶戴在手上，並把時間調到六點十三分，因為翠蔓的生日正是六月十三日。

他相信翠蔓一定會再出現，到時他會親口跟翠蔓問清楚，問她真正想要的究竟是什麼，並彌補自己過去的錯誤。

「先生，需要點餐了嗎？」店員的聲音從桌邊傳出。

俊哲回過神來，這才發現自己剛才一直對著牆壁發呆，忘了點餐。

「不好意思，我想要……」俊哲翻開菜單，打算點跟上次一樣的義大利麵。

就在這時，一個聲音蓋過了俊哲翻菜單的聲音。

喀噠，這細微的聲響聽在俊哲耳裡，卻遠比砲彈爆炸還要巨大。

俊哲抬起手腕，果然看到錶上的秒針正在走動。

俊哲閃電般站起身來，同時轉頭看向外面，透過餐廳的落地窗，他看到了這六年來他一直在等的身影。

雖然那身影背對著自己，但俊哲知道那就是翠蔓。

俊哲拋下菜單，頭也不回地跑出餐廳，等他跑到外面時，翠蔓的身影卻像刻意在躲俊哲一樣，輕飄飄地從店門口溜走了。

沒關係，喘口氣，先喘口氣……俊哲又看向手錶，秒針仍在移動，代表翠蔓還在附近，冷靜下來找，一定可以找到她！

俊哲抬起頭來看著街道兩端，果然在其中一邊看到了翠蔓正在前進的背影，他二話不說立刻追了過去。

眼看就要追到了，翠蔓的背影又咻一下鑽進一條巷子，俊哲只能跟著鑽進去。

一路上，不管俊哲跑多快，他跟翠蔓之間的距離始終沒有拉近，俊哲也覺得奇怪，翠蔓的行為不像是要逃跑，而是想把他帶到某個地方似的……

最後，翠蔓的身影在一棟建築物的門口前消失，代表這裡就是目的地了。

這棟建築物對俊哲來說並不陌生，因為這裡就是六年前，翠蔓曾經想帶俊哲一起欣賞畫展的藝廊。

藝廊前的招牌標示著這次的展出主題：「用最短暫的時間編織美好的夢想―米蘭藝術大學：台灣教育畫展」

俊哲在招牌上匆匆瞥一眼就走了進去，他不是來看畫的，他只想快點找到翠蔓。

藝廊內部除了走道還區分出好幾間房間，藉此分隔不同畫家的作品，因為是假日，藝廊內除了工作人員外還有不少參觀畫作的民眾。

俊哲像跑五百障礙一樣避開這些人，他不知道翠蔓在哪間房間，只好從第一間開始找起，沒看到翠蔓後就飛速趕往下一間。

比起其他民眾的優雅賞畫，俊哲的腳步反而像是在趕火車一樣，他的行為也引來了其他人的異樣目光。

讓俊哲意外的是，這些人的目光並不是在責備他，而是用新奇的眼神在打量他，並議論紛紛說著：「你看，那個人是不是很像……」「對啊，真的好像……」

他們在說什麼？是自己很像某個畫家嗎？

一頭霧水的俊哲一路找到最後一個房間，終於找到了答案。

最後一位畫家明顯是台灣人，房間裡的畫作都是以台灣的街景跟人群為主，有許多人因此駐足觀賞。

不過翠蔓並不在這些人裡面，就在俊哲沮喪地要離開藝廊時，他不經意地朝牆上的畫作看了一眼。

光是這一眼，就讓俊哲無法再移開目光。

此刻，他終於知道剛才那些人為何要對他議論紛紛了。

因為這房間裡的每幅畫作，都有他的存在。

坐在街邊的路人、在路邊等紅綠燈的行人……俊哲以不同的方式出現在每幅畫裡，俊哲知道那絕對是自己，因為除了面孔之外，他手腕上的黑色錶帶手錶也被畫出來了。

不只如此，俊哲發現畫中的場景都是他去過的，大學校園、鐘錶店、義大利麵餐廳……還有他跟翠蔓曾經同居過的房間。

每看到一張畫，俊哲腦中的回憶就像水庫潰堤般湧出。

畫家的介紹就放在房間的入口處，俊哲剛才進來時沒有仔細看，他現在才顫抖著雙腿回到入口，忍著眼淚看向畫家的介紹文宣。

這一瞬間，翠蔓為何要離開、還有為何要讓他來到這裡的原因，俊哲都明白了。

文宣上印著翠蔓的照片，下面還有一行文字。

「李翠蔓，一九九三至二〇二三，紀念在異國去世的天使，我們把她的夢想從義大利帶回來了。」

文宣旁放著一個透明的壓克力盒，裡面展示著翠蔓的私人物品，有眼鏡、筆記本……還有屬於翠蔓的那支對錶。

俊哲看著翠蔓的照片，終於忍不住哭了起來。

「妳也跟我一樣，對不對？」

就像俊哲捨不得把對錶丟掉一樣，翠蔓也不想忘掉俊哲，所以每幅畫裡才有他的身影。

俊哲拿起自己的對錶放到盒子旁邊，錶上的指針已經不再移動，兩支手錶明明靠得這麼近，上面的指針卻完全停擺了。

或許手錶本身也知道，它們的任務已經達成了。

從俊哲選擇被動開始，他跟翠蔓之間的時間就停住了。

若他能主動發現翠蔓真正尋求的是什麼，或許這兩支手錶的時間，還能再走下去……

車門上的塗鴉

車子開久之後，一定會留下各種痕跡。汙漬、擦撞的傷痕、卡在縫隙裡的落葉等等，不管再怎麼耐心保養，車身都會留下專屬於這台車的記號。

不久前，奕成買了人生的第一台車。

身為業務一定要有一台車，奕成的業務工作才剛起步，他聽從家人跟同事的建議，先買了一台二手車，等收入穩定之後再換新車。

奕成買的是專為小家庭推出的車款，車身是白色的，車內空間不大，外型很樸素，不過車體的構造堅固，操控性絕佳，開起來很省油，很適合他。

剛開始開的時候都沒什麼問題，不過一段時間後，有個問題便開始困擾奕成。

在後座的車門上，經常出現奇怪的痕跡。

那不是泥水的汙漬，也不是擦撞的痕跡，而是蠟筆畫上去的塗鴉。

似乎有小孩子在奕成的車門上亂畫，蠟筆的筆跡在白色車身上特別醒目，而且每次畫上去的圖案都不一樣，雖然每次都畫得很粗糙，不過還是能看出他畫了什麼，有時是充滿摩天大樓的城市，有時是綠色的山脈跟棉花糖形狀的白雲，有時則是像漫畫一樣的滑稽人物。

奕成住的公寓沒有停車場，只能把車子停在外面街道上的公共停車格裡，因此成為最好下手的目標。

每次發現車門被塗鴉後，奕成都會看一下旁邊的車子有沒有受害，奇怪的是，每次都只有他的車門被亂畫，如果犯人是附近的小孩子，為什麼只挑他的車子來畫呢？他的車子看起來特別像畫布嗎？

雖然只要用抹布沾水就能把蠟筆擦掉，但車子莫名其妙被亂畫還是讓奕成感到火大。

在擦掉塗鴉之前，奕成都會把車門上的塗鴉用手機拍下來，等之後逮到現行犯時，他就要拿這些照片跟家長求償。

一天晚上，奕成終於看到了塗鴉的犯人。

當時他走路去附近的小火鍋店買晚餐，回家時他刻意繞去停車位看了一下，結果看到有一個小孩子的身影蹲在他的車子旁邊，手握著蠟筆在車門上亂畫。

小孩子剪著一頭短髮，看起來是個男孩。

終於看到塗鴉的犯人了！激動的奕成顧不得手上還提著小火鍋，便直接朝車子跑過去，一邊大喊道：「喂！你在做什麼？」

聽到奕成的喊叫聲後，男孩很快回頭看了他一眼，然後一溜煙鑽到車子後面去了。

「看你往哪裡跑！」奕成一個大跨步跳到車後，卻發現車子後面沒有半個人。

剛才明明看到他躲來這裡，怎麼不見了？難道是躲到車底下了？

奕成整個人趴在地上檢查車底，卻還是沒看到那小孩的身影。

「竟然讓他跑了……」奕成站起身來，此時他手上的小火鍋已經全灑在袋子裡了。

奕成沮喪地嘆了口氣，轉身準備回家時，他注意到了車門上剛被畫上的塗鴉。

那是一個灰色的H字型圖案，H上面畫了許多小方格，應該是代表窗戶吧，因為市區裡就有這樣一棟H字型的高樓，是當地的知名地標。

那男孩在車門畫這棟大樓幹嘛？而且奕成今天才去過這棟大樓而已。

等一下，之前的塗鴉好像也是……

某個想法突然在奕成腦中爆發開來，奕成趕緊拿出手機，找出之前拍下的塗鴉照片，並跟拍攝日期當天的工作行程做比對。

果然沒錯，男孩留在車上的塗鴉，不管畫的是建築物還是風景，都是奕成當天去過的地方。

男孩怎麼會知道奕成去過哪裡？難道他一直都在車上？再加上男孩剛才詭異的消失，種種一切都讓奕成聯想到四個字，車上有鬼。

難道那男孩是留在車上的鬼魂？但負責這台車的業務是奕成信賴的老朋友，他不可能把事故車賣給奕成，驗車時奕成也有親自檢查，確定車子沒有事故的痕跡。

如果車子沒有問題，那男孩又是從哪裡來的？

＊＊＊＊＊

剛開始發現塗鴉時，奕成都會馬上把塗鴉擦掉，免得被同事或是行人嘲笑。

直到一件事情的發生，讓奕成對男孩的塗鴉改觀了。

這是奕成跟客戶一起用完餐後發生的事，奕成陪客戶走出餐廳時，客戶突然稱讚道：「你一定是很棒的爸爸，你的小孩都很愛你吧？」

奕成一頭霧水，因為他根本還沒結婚。

「為什麼這麼說呢？」奕成問。

「你的車子啊。」客戶指向朝奕成的車，奕成這才發現他今天忘記把車門上的塗鴉擦掉了。

奕成本來擔心車上的塗鴉會讓客戶留下不好的印象，沒想到客戶卻繼續稱讚道：

「很多男生都視車如命，小孩在車上弄出一點刮痕就暴怒如雷，你卻讓孩子在車上自由亂畫，看得出來你很寵孩子呢！」

聽到突如其來的稱讚，奕成覺得很不好意思，只好說道：「我還沒結婚，是親戚的小孩畫的，我很喜歡小孩子的圖畫，所以讓他們在我車上畫畫。」

跟客戶的這次對話，改變了奕成對塗鴉的看法。

每天都要把塗鴉擦掉，奕成也覺得累了，不如就讓那男孩在車上自由發揮，看看會造成什麼效果吧。

最後證明奕成的這個決定是正確的，每位客戶看到奕成的車後，都會問他車子怎麼被畫成這樣，奕成也準備了一個標準回答。

「這些都是我姪子畫的，他很有美術天份，不過他總是喜歡在家裡到處亂畫，讓家裡的人很頭痛，最後我跟他達成協定，他可以在我的車上作畫，不過絕對不能在家裡畫，這樣一來家裡乾淨了，我的車上也多了美麗的彩繪，一舉兩得。」

「哇，你一定很愛你的姪子吧！」

「是的，我覺得小孩的圖畫就是最美麗的烤漆了！」奕成自豪地說。

開車在路上時，甚至有人會把奕成的車門拍下來上傳到網路，奕成不只一次在「馬路觀察學院」、「爆聊公社」等社群看到自己的車子，網友留下的回饋都是正面的，覺得車子的主人一定是個寵孩子的好爸爸。

或許，這台車之前的主人就是這樣一個和樂融融的小家庭吧。

奕成開始在腦海中想像一對年輕夫妻帶著一個小男孩出遊的畫面，小男孩很喜歡畫畫，全家每到一個地方出遊，男孩就會在車上畫下當地的風景，父母也讓男孩自由創作，畢竟車子跟孩子哪個比較重要，答案顯而易見。

最後一定發生了某件悲劇，導致這個家庭把車賣給二手車行，男孩的鬼魂至今仍在車上逗留……

奕成想知道這件事的答案，不過男孩的鬼魂總是躲著他，沒有再現身過了，儘管存下的錢已經足夠換一台新的進口車了，但奕成決定繼續開這台車，直到他找到答案為止。

很快的，男孩的塗鴉幾乎要把後座的車門全畫滿了。

既然這樣，就繼續往前畫吧，就算畫到引擎蓋上也無所謂，奕成反而期待整台車都被塗鴉填滿的樣子。

可惜的是，這樣的和平沒有維持太久。

＊＊＊＊＊

有了車子之後，在外最大的難題就是找停車位，特別是在擁擠的大城市裡，停車位往往比獨角獸還要稀有。

那天晚上，奕成要去市區拜訪一名客戶，附近卻找不到停車位。

眼看離客戶約定的時間越來越近，找不到車位的奕成越來越著急，繞了幾圈後，奕成發現客戶家的巷口有一個車位是空的，只是車位上被放了兩個大盆栽，不仔細看的話根本不知道那裡有車位。

「太過份了吧，這樣其他人要怎麼停車？」

奕成記得用私人物品霸佔公共車位是違法的，加上他趕著跟客戶見面，於是他下車把車位上的盆栽搬到旁邊，再把車子停進去，提著公事包朝客戶家跑去了。

準時趕到客戶家後，客戶從冰箱裡拿出飲料招待奕成，一邊問道：「路上順利嗎？這附近的車位不好找吧？」

「還好，我在巷口找到車位了。」

「巷口？」客戶皺起眉頭，彷彿巷口對他來說是個很不吉利的地方。

「有人用盆栽霸佔巷口的車位，我急著過來，就先把盆栽移開了……」

奕成話還沒說完，客戶手中的飲料便叩一聲掉到地上。

「你……你把車停在那個車位？」客戶臉色驟變，焦急地說：「你現在趕快回去看看車子的情況，快點！」

「呃，請問那個車位怎麼了嗎？」奕成被客戶戲劇化的反應嚇到了。

「有一個不講理的老人用盆栽長期霸佔那個車位，停了好幾十年了，因為那個車位就在他家門口，他認為那個車位就是他的，誰都不准停，我們當地人都不敢惹上那個瘋子，之前有外地人把盆栽移開來停車，結果車子被那老人砸了個稀巴爛……」

聽客戶這麼說，奕成也坐不住了，他連公事包都沒拿就衝出客戶家，回到巷口確認車子的安危。

但奕成的動作還是慢了一步，當他趕到巷口時，他的車已經變成另一種模樣了。

每扇車窗都被砸出裂痕不說，整台車還直接被淋上一罐紅漆。

紅色油漆覆蓋住大部份的白色車身，男孩的塗鴉被油漆吞噬，完全不見了。

*****

客戶說的沒錯，霸佔車位的老人確實是個瘋子。

就算通知警方來處理，那老人仍一副理直氣壯的樣子跟奕成嗆道：「是你自己亂停我的位置！這個車位在我家門口五十年了，本來就是我的！你亂動我的盆栽，是不是我也可以告你啊！」

面對這種無法講理的人，奕成一點回嘴的機會都沒有，警察也對老人沒皮條，現場蒐證完後，警察跟奕成說他可以依法提出告訴，對老人求償。

一聽到求償兩個字，老人又開始抓狂：「歡迎你來告我！我活不了多久了，可是錢我多的是，年輕人，我慢慢跟你耗啦！要告就來告啊！」

跟這種老人在官司扯上關係，只會惹上更多麻煩而已。

「算了，我不跟他追究，車子我自己修就好。」奕成無奈地說完後，警察拍了一下奕成的肩膀安慰他，看來他們也不是第一次遇到這種狀況了。

因為這場風波，奕成到晚上十點才開車回到家。

把車停在公寓附近的停車格後，奕成站在車子旁邊，失落地看著慘不忍睹的車身，車廠現在都關門了，車子只能明天再維修了。

車窗要全部換過，車身也要重新烤漆，這樣一來不曉得要花多少錢。

錢不是問題，真正讓奕成覺得心痛的，是心愛的東西被別人破壞的那種絕望感……

突然，一顆小頭從車身後面探出來盯著奕成，是那個男孩子。

「是你啊。」看到男孩出現，奕成沒有嚇到，而是苦笑著說：「對不起，你畫的東西都不見了……有些大人真的很糟糕，對吧？」

男孩沒有說話，而是從車身後方走出來，伸手在被油漆染紅的車身上揮舞著。

男孩手指畫過的地方都變成了一片片的白色，奕成這才發現男孩手上握著一根白色蠟筆，他想把車子畫回白色，但不管男孩怎麼努力，蠟筆的顏色跟本來的車子顏色還是有差別的。

奕成被男孩的行為逗笑了，他說：「好了啦，沒關係，我會再花錢把車子變回來的。」

男孩停下畫車的動作轉過頭來，他睜著一雙大眼睛，用泛著淚光的可憐眼神看著奕成。

奕成知道男孩在裝可憐，他怕奕成把車子換掉，所以才這麼努力地想把車子恢復原狀。

「你別擔心，我不會換車的，這台車我還打算開很久、很久呢。」奕成說。

有了奕成的保證，男孩才在臉上露出笑容，畢竟他好不容易遇到一個不會擦掉塗鴉的車主人。

既然男孩現在不怕自己了，奕成決定趁現在解答心裡的疑問。

「你為什麼會留在這台車上？」奕成問。

男孩盯著奕成，他猶豫了一下後，繼續在車上畫了起來。

他這次作畫的範圍是車身上僅存的白色區域，男孩先畫出一台車門打開來的小車子，接著在旁邊畫出一台大貨車，最後在兩台車的中間畫出一個躺著的小人，小人身體底下就是紅色的油漆，看起來就像一個人躺在血泊中。

奕成指著血泊中的小人，問：「這是你嗎？」

男孩點了點頭，他接著在小人身邊畫出好幾個站著的、體型比較大的人，並在這些人的臉上加上淚滴。

不用問也知道，那些站著哭泣的大人就是男孩的家人，整幅畫面呈現出的則是男孩的死亡，他是走下車後被貨車撞死的，所以這台車才不算事故車。

男孩的家人們一定是想擺脫痛苦的回憶，所以才把車子賣掉，他們不知道男孩的靈魂還留在車上，而且他還能繼續在車門上創作繪畫……

男孩凝視著畫上的大人，眼睛裡的淚光越來越明顯。

幾乎是沒有經過思考的，一句話從奕成口中脫口而出：「你想不想再見到你的家人？」

男孩驚訝地看向奕成，然後用力點頭。

「你知道你家在哪嗎？」奕成又問。

男孩迫不及待地又開始畫畫，他這次畫出的是一棟房子，以及一個人魚形狀的卡通人物，卡通人物下面有一個平台，應該是某種雕像。

畫完之後，男孩用力拍了一下人魚的卡通人物，像是在說：「就在這附近。」

奕成知道那個雕像在哪裡，有一個鄉鎮的吉祥物就是長那個樣子，之前還因為吉祥物的模樣不討喜而上了新聞。

只要找到那座雕像，就能找到男孩的家。

奕成知道他接下來該做什麼了。

*****

月底的假日，奕成開車來到以人魚吉祥物聞名的鄉鎮。

當然，車子的車窗已經全部換新了，車身也重新烤漆過，唯一不變的是男孩畫在車上的塗鴉，而且這次的塗鴉還加了一個驚喜。

奕成先找到吉祥物的雕像，接著很快在附近找到男孩畫出的房子，這裡想必就是他家了。

「找到了，就是這一棟吧？」

奕成把車停在房子前面，然後徒步走到對面的便利商店，買了杯咖啡坐著等待。

一個小時後，一名臉色消沉的男子從房子裡走出來，外面沒有太陽，男子卻像是害怕看到周遭所有事物似的低著頭走路。

「快把頭抬起來啊，笨蛋！」奕成忍不住在心中罵道。

還好，男子的眼角餘光注意到了那台車的存在，當他抬起頭來看向那台車時，他消沉的雙眼頓時恢復了神采。

男子轉身跑回屋裡，很快的，他拉著另一名女子從屋裡跑出來，兩人不可置信地看著眼前的車子，臉上的表情都是驚訝又帶著喜悅。

他們會有這樣的反應是有原因的，因為男孩已經提前在車門上畫好了，他們以前的全家福。

孩子的作品，身為父母的他們一眼就認出來了。

男孩的父母蹲坐在車子旁邊，他們伸出手去觸摸車門上的圖案，感受著蠟筆畫下的痕跡。

而男孩就待在他們旁邊，跟他們站在一起。

或許他們看不到男孩，但他們一家確實團聚了。

本來是想遺忘的記憶，現在卻出現在眼前。

人們總是透過把東西丟掉、賣掉的行為來割捨某段記憶，但只要時間一久，人們就會陷入沒有止盡的懊悔。

從父母雙雙落淚的樣子來看，他們一定也在後悔把車子賣掉吧。

不過現在車子跟孩子的塗鴉一起回來了，這讓他們得到了解脫。

奕成決定等手上的咖啡喝完後，再走出去跟他們解釋事情經過。

要是他們決定買回車子，奕成也會點頭。

只是換新車後少了那孩子的塗鴉，或許會覺得寂寞一點吧。

筆跡的溫度

佳裕醒來的時候，他發現自己正趴在一張桌子。

怎麼回事？自己怎麼會趴在這裡睡覺？

佳裕揉揉眼睛，坐起來觀察四周的環境。

這是一個寬廣的室內空間，明亮舒適的燈光從天花板照射下來，空間塞滿了許多書櫃跟座位，書櫃跟座位之間延伸出好幾條走道，給佳裕的感覺像是一間圖書館。

圖書館……為什麼我會跑到圖書館來？佳裕拼命回想，腦袋卻一點記憶都找不回來。

算了，先找人幫忙再說吧。

附近的座位都是空的，整個空間彷彿只有佳裕一個人，於是佳裕開始沿著走道前進，希望能找到其他人或是圖書館的櫃台。

隨著佳裕的前進，他發現不管往前走多久，眼前的環境都沒有改變，永遠都是書櫃、座位，以及看起來沒有盡頭的走道。

就在佳裕因為無人的孤寂而開始覺得害怕的時候，他終於在座位區找到了其他人。有七、八個人坐在座位上看書，其中男女老少都有，有五十多歲的阿伯，也有二十歲的年輕男孩，他們的視線都集中在眼前的書本上，沒有人注意到佳裕的出現。

「請問……」

佳裕正要開口詢問，他突然發現這些人的動作不太對勁，他們不是在看書，而是拿筆把文字寫在書上。

其中一個男孩子似乎已經寫完了，他闔上書本，站起來把書放到書櫃上，然後轉身朝走道的另一端走去。

「等一下！」

佳裕出聲叫喚那男孩，或許男孩能告訴他怎麼離開這裡，男孩卻像是完全聽不到佳裕的聲音，頭也不回地繼續往前走。

佳裕朝男孩的背影跑去，就在他準備伸手攔住男孩的時候，一名穿著卡其色套裝的女子從書櫃之間竄出來擋在佳裕面前，女子用像是會刺人的眼神瞪著佳裕，責備道：「先生，這裡是圖書館，請你保持安靜，不要在走道上奔跑。」

女子胸口別著一張證件，看起來像是圖書館的員工，不過證件上只寫著「工作人員」四個字，沒有名字跟其他資訊。

「啊……對不起……」儘管對眼前的狀況感到莫名其妙，佳裕還是先道歉了，道歉完他不忘問了一句：「請問這裡是哪裡？」

「這裡是圖書館。」女人又說了一遍。

廢話，有講跟沒講一樣，佳裕當然知道這裡是圖書館，他想知道的是別的事情。

佳裕又問：「我知道這裡是圖書館，只是我不知道自己怎麼會在這裡，妳能告訴我怎麼回事嗎？」

女子嘆了一口氣，一副「又來了」的表情，她似乎對處理這種情況感到厭倦。

「你叫什麼名字？」

佳裕說出自己的名字後，女子從腰際拿出一台平板電腦把佳裕的名字輸入進去，接著轉身揮了一下手，說：「跟我來，我帶你去你的座位。」

女子舉手投足都有一種「這裡我最大」的霸氣，佳裕不敢惹女子生氣，只能乖乖跟在她後面。

很快的，女子帶著佳裕回到他一開始醒來的那個座位，接著把一本空白的書跟一枝筆放到桌上，對佳裕說：「好了，你可以開始寫了！」

「要寫什麼？」佳裕還是不知道女子在說什麼。

「把你來不及跟其他人講的話寫下來啊！」

「來不及講的話？對不起，我還是不懂……」

「真是的，上一個階段的人都沒跟你們說明嗎？」女子露出不耐煩的表情，一口氣連珠炮似地跟佳裕解釋道：「這裡是死者的圖書館，人死亡後就會來到這裡，你可以把生前來不及對親朋好友說的話寫下來放在書櫃上，我們圖書館會再用夢境的方式把這些話傳達給還活著的人，這樣你懂了嗎？」

一時間聽到的資訊量太大，佳裕的腦袋陷入當機狀態，好不容易他才擠出一個問題：「我已經死了？」

女人拿起平板又看了一下，說：「沒錯，根據資料，你是在一場幫派鬥毆中被仇家打死的，當然你也可以寫下要留給仇家的話，把你的恨意傳達給他，不過對方頂多只會做惡夢而已，這點希望你能理解。」

「請……等等……這一定有哪裡搞錯了……」

「我知道你很難接受，不過事情已經發生了。」

「不，是真的有地方搞錯了！」佳裕感覺到一陣頭痛，說：「我只是一個普通人，我怎麼會跑去參加幫派鬥毆啊？」

女子皺起眉頭，又看了一下平板上的資料，問：「你的名字是林佳裕，生日是西元一九九八年七月二十三日，沒錯吧？」

「名字沒錯，但我的生日是一九八〇年十一月四日！」

「唉呀，搞錯人了嗎？」女子在平板上按了幾下，說：「好吧，看來是我們弄錯了，被仇家打死的是另一個林佳裕，他人還在圖書館外面排隊。」

女子朝佳裕瞄了一眼，說：「難怪我覺得你的話比其他死者還多，原來是我們搞錯了，對不起。」

「那現在怎麼辦？如果我沒死的話，為什麼我會在這裡？」佳裕焦急地問。

「今天的死亡名單上只有一個林佳裕，就是被打死的那個，至於你的話……可能你在現實遇到了某種意外，意識徘徊於生死之間，所以才會來到這裡。」

聽女人這樣說，佳裕模糊的記憶開始甦醒，他記得自己正要去上班，然後眼前最後看到的畫面是一台休旅車朝自己撞來……他一定是發生車禍，陷入昏迷不醒的狀態才會來到這裡的。

「那我現在要怎麼離開？」

女子聳聳肩膀，說：「這點我就沒辦法幫你了，要離開這裡必須靠你自己的努力，如果傷勢不重，你應該很快就能醒來，不然只能繼續留在這裡了。」

「怎麼這樣……」佳裕無力地癱坐在椅子上，如果現實中的他一輩子都醒不過來，那他不就只能繼續困在這裡？

女子轉身準備離開，好像她能做的就只有這樣了。

這時，佳裕突然想到另一件事情，叫住了女子：「等一下！」

「怎麼了？」女子轉過頭來。

佳裕猶豫了一下，還是決定問道：「我想問一下我父母的事情。」

佳裕的父母都去世了，他們之間的感情稱不上太壞，只是隨著佳裕到城市工作的時間拉長而慢慢變淡了。

佳裕二十歲到城市發展時，每個週末假日都會回家一趟。

三十歲時，佳裕只有在過年時才會回家。

等佳裕四十歲再回家的時候，卻是為了處理父母的後事。

「妳說圖書館會把死者寫下的話傳達到夢境裡，那為什麼我都沒有夢到我父母呢？難道他們都沒有話想跟我說嗎？」

這是佳裕一直以來的疑問，處理完父母的後事後，佳裕一直覺得心裡少了什麼，但他自己又說不上來，只是覺得靈魂中有一部分被抽走了。

「可能是作業程序拖延了，這是正常的。」女子說：「世界上每天都有數以萬計的人死亡，要把那麼多死者的話傳達到夢裡是很花時間的，作業程序常常塞車，有時候甚至會花上好幾年的時間。」

佳裕覺得很諷刺，原來不管哪個世界的公家機關都一樣嗎？

「你父母應該也把想跟你說的話寫在書裡了，為了表達歉意，我可以幫你把書拿過來，要嗎？」女子提議道。

佳裕馬上點了點頭。

「好，那麻煩妳了。」

女子拿出平板查了一下書本的位置，接著整個人消失在書櫃之間。

五分鐘後，女子拿著一本書回來了。

「就是這本，那我就不打擾你了。」

把書交給佳裕後，女子腳步沒有停歇，很快就離開了，看來這間圖書館的公務是真的很忙。

佳裕緊緊握著父母寫給他的書，深呼吸了一口氣。

不會錯的，就是這本書，父親跟母親的名字就印在書背上，代表這是他們兩人一起寫下的。

佳裕一直覺得自己不是個孝順的兒子，畢竟他為了工作一直待在城市，直到最後才回去處理後事，連他們的最後一面都來不及見到。

父母一定也在書中責備著這樣的兒子吧，不管他們會怎麼唸他這個不孝子，佳裕都決定把書翻開來一探究竟，他覺得自己靈魂中被抽走的那一部分就藏在裡面。

佳裕靜靜翻開書的第一頁，他看到了父母久違的筆跡。

那些筆跡首先寫下的，是佳裕的出生日期和出生時的體重。

佳裕的手顫抖了一下，然後緩緩翻開下一頁。

隨著佳裕的目光在書頁中滑動，他漸漸進入一個自己熟悉卻又陌生的時空。

他看到教育程度不高的父親用最簡單的文筆描述出佳裕第一次學會爬、走、說話的時刻，沒學過繪畫卻喜歡畫畫的母親用簡陋的圖案跟線條勾勒出佳裕當時的可愛模樣，並記錄他們夫妻當下的驚喜。

佳裕接著又看到了自己第一次學會騎腳踏車、學會游泳、打籃球、上學的場景，每個畫面都清晰如新。

他繼續翻閱著書中的細節，看到了自己小時候曾經喜歡的玩具、漫畫、食物和遊戲，連自己都想不起來的那些快樂時光，父母卻記得一清二楚。

書中的每一個詳細記錄都如同一部活生生的電影，在佳裕的腦海中慢慢播放。

在書的最後一頁，父母的字跡把整張紙都寫滿了，文字中沒有責備，只寫著說他們不在之後，佳裕要記得吃飽、多穿衣服、不同季節該注意什麼等等，對普通的孩子來說，這些是他們早已聽到厭煩的叮嚀，不過對現在的佳裕來說，這些叮嚀已經變成了奢求。

佳裕想起最後跟父母通電話的內容，那是一通再尋常不過的問候電話，佳裕現在卻後悔當時沒能跟他們多聊一點，讓自己能仔細記住他們的聲音。

他好想念父母的聲音，那些能讓他感到寧靜、安心的聲音。

佳裕用手輕輕觸摸著書頁上的文字，彷彿能感受到父母的溫暖，此時他已淚如泉湧。

圖書館天花板的燈光突然變得更亮了，佳裕幾乎要睜不開眼睛。

一股刺鼻的藥味鑽進佳裕的鼻腔，是醫院的味道，佳裕知道他將要回到現實世界了。

佳裕不想這麼快就離開圖書館，他想把父母的文字抱在懷中，在這裡多待久一點。

但他也知道，父母絕對不希望他繼續留在這裡。

圖書館的白光越來越亮，白光將佳裕全身籠罩住，現實世界的觸感、嗅覺逐漸變得清晰，佳裕即將清醒，回到現實世界。

就跟出生的時候一樣，等佳裕在現實中睜開眼睛時，他將帶著父母寫下的文字，把人生繼續下去。

看到不敢睡

第二攤

來些重口味，

她沒有遲到

在我以前的學校，每天早上都有早自習跟升旗典禮這兩樣東西。其中升旗典禮是學生們最討厭的，特別是在炎熱的夏天，在大太陽底下聽校長枯燥乏味的演講，真的是童年一大酷刑。

不過我很少跟班上同學一起參加升旗典禮，因為我是學校裡知名的遲到大王。規定的上學時間過了之後，學校大門會開到只剩一條縫，然後訓導主任會親自守在門口來抓遲到的學生。

在我那間學校，遲到的懲罰可不是只有登記學號這麼簡單，訓導主任會把遲到的學生像犯人一樣扣押在訓導室，等升旗典禮開始的時候再叫我們背著書包在司令台旁邊站成一排，讓全校師生看著我們罰站，等升旗典禮結束才能回去班上。

輪到訓導主任講話的時候，他還會用麥克風唸出遲到學生的名字跟班級，對一般的學生來說，這樣的公開處刑就跟斬首示眾沒兩樣。

不過我不是一般學生，因為我每天都會遲到，不管是罰站還是聽到自己的名字被當眾唸出來，我早就麻痺了。

我遲到的原因並不是睡過頭或不想上學，如果真的要探討原因的話，只能說是我的運氣不好吧。

我的家人很早就去上班了，所以我只能自己坐公車上學，不過我搭的那班公車是熱門路線，乘客超級多，好幾次公車到我這一站的時候，車上已經連一個人都擠不上去了。

就算車上還有一些空間，也要歷經一番搏鬥才能擠上去，身形單薄的我根本擠不過成年人，所以我往往是被擠出來的那個，就算好不容易擠上車，公車也會因為各種莫名其妙的原因而遲到，舉凡車禍、故障、塞車、車上有乘客爭吵打架等等，我全都遇過了。

學校的遲到大王除了我之外，還有一個女生，每天的升旗典禮都能看到我們兩個一起罰站。

因為訓導主任每次都會把遲到學生的名字唸出來，我也因此知道她的名字叫夏嘉佳，跟我一樣是二年級的學生。

夏嘉佳的臉皮沒我這麼厚，訓導主任每次當眾唸出她的名字時，她都會很難過地低下頭。

「不要沮喪啦，至少我們是學校的名人耶！妳看我還不是活得好好的！」我每次都主動安慰她，不過顯然沒有發揮作用，她的樣子還是一樣難過。

趁著在罰站的時候，我曾經問過夏嘉佳，她為什麼跟我一樣每天遲到？

她說，家裡除了她之外就只有她媽媽，因為家住得比較遠，附近又沒有大眾交通工具，她只能請媽媽載她來學校。

問題是，她媽媽早上有兼職一份早餐店的打工，下班再趕回家載她時，時間已經來不及了。

夏嘉佳跟媽媽抱怨過每天都遲到被罰站的問題，但這份工作可以讓經濟拮据的家裡多出一萬多的收入，跟被罰站相比，那一萬多塊顯然重要多了。

「原來妳是不得不遲到的呀……」我說：「妳遲到並不是妳的錯啊，妳有跟老師解釋過嗎？」

「我說過了，我媽媽也打電話跟訓導主任解釋過，但是主任說校規就是校規，沒有人可以例外。」

說著說著，夏嘉佳又低下了頭。

這時，訓導主任正在司令台上宣佈遲到學生的名字。

「咳！今天遲到的學生……二年二班的林宇恆！還有二年八班的夏嘉佳！又是你們兩個！希望各位同學看清楚他們罰站的樣子，牢記守時的習慣！」

看著訓導主任訓話的樣子，我知道，就算夏嘉佳的媽媽再怎麼跟學校解釋，訓導主任還是會讓夏嘉佳罰站，為了讓每個學生怕他、為了他在學校裡的地位，訓導主任絕對不會讓夏嘉佳破例的。

*****

「我明天就不會遲到了。」

某天的升旗典禮，按照慣例，只有我跟夏嘉佳在司令台旁邊罰站的時候，夏嘉佳突然這麼跟我說。

「喔？」我說：「妳媽媽要辭掉早上的打工了嗎？」

夏嘉佳搖搖頭，說：「我要自己來學校，我已經記得路線了，我明天要很早起床，然後自己走過來。」

「妳家不是很遠嗎？要走多遠啊？」

「我也不確定，可能要兩個小時吧。」

「兩個小時耶！妳確定真的要用走的？」

我很擔心她，不過夏嘉佳說她已經下定決心了。

「我寧願每天走路來，也不想在這裡罰站了。」夏嘉佳堅定地說。

*****

我本來還懷疑夏嘉佳是不是真的要走路來學校，隔天，我很快就知道夏嘉佳是認真的了，因為那天罰站的人只有我一個。

獨自站在司令台旁邊，我心裡的感覺很複雜，一方面我為夏嘉佳感到開心，一方面又覺得很難過，因為這是第一次只有我一個人站在這裡罰站，全校師生的眼睛都在看我。

之前夏嘉佳都會在我旁邊，陪我一起分擔這份羞愧，但現在只剩我一個人了。

我低下頭來不敢面對其他學生的視線，這時，我聽到了夏嘉佳的聲音。

「原來你也會難過啊。」

我嚇了一跳，抬頭一看，夏嘉佳竟然不知道什麼站在了我旁邊。

「咦？妳……」我驚訝地說：「妳怎麼會……妳今天不是沒有遲到嗎？」

「對啊……」

夏嘉佳抬頭看著司令台上的訓導主任，像是咬著牙般，用力地說：「我今天沒有遲到……」

訓導主任剛好開口要訓話，他說：「今天遲到的學生是二年二班的林宇恆！還有一個同學更誇張，二年八班的夏嘉佳！到現在還沒來學校！」

還沒來學校？

我疑惑地看著身邊的夏嘉佳，她不就在我旁邊嗎？

台上的訓導主任繼續說道：「夏嘉佳這位同學因為經常遲到，已經給主任留下很不好的印象，主任以為今天她終於沒遲到了，結果班導師跟我說她還沒來學校！各位同學，罰站處罰只是讓大家守時的一個手段，而不是主任真正想做的，如果是因為不想罰站就不來學校，那等著大家的就是更嚴重的處罰！」

訓導主任越講越上癮，一股怒火從我心裡燒了起來。

訓導主任竟然當著全校師生的面批鬥夏嘉佳，但我又能做什麼？衝上台去揍他嗎？先不說我根本打不贏訓導主任，我這樣做的後果只有被退學而已。

夏嘉佳呢？她自己忍受的了嗎？

我看了一下旁邊的夏嘉佳，只見她狠狠瞪著訓導主任，忍耐許久的她終於也爆發了。

「我今天沒有遲到！」夏嘉佳張開嘴巴，發出尖嘯的抗議聲。

夏嘉佳尖銳的聲音不只出現在我耳邊，更是從全校的喇叭音響裡傳出來，彷彿現在站在司令台講話的並不是訓導主任，而是夏嘉佳。

「我今天沒有遲到！」

「我今天沒有遲到！」

「我今天沒有遲到！」

夏嘉佳連續的刺耳喊叫聲讓訓導主任跟全校師生都摀住了耳朵，我的耳膜也因為夏嘉佳的聲音而感到刺痛，但看到所有人痛苦的表情後，我反而覺得很痛快，有一種終於報仇的感覺。

夏嘉佳的聲音平息下來後，校長怒氣沖沖地衝上台，問訓導主任剛才到底是什麼狀況，訓導主任也一頭霧水不知道該怎麼解釋。

「好酷，妳是怎麼做到的？」

我轉過頭想問夏嘉佳，但她已經不在我旁邊，消失了。

*****

那天晚上，我回家看到新聞才知道，夏嘉佳今天早上走路來學校，在她離學校只剩最後一個路口時，一台闖紅燈的車肇事逃逸，撞死了夏嘉佳。

諷刺的是，肇事逃逸的人竟然是學校的其中一名老師，他當時也正要趕來學校。

如果車禍沒發生，那夏嘉佳一定能在時間內抵達學校。

她沒有遲到……

今天，她用靈魂最後的力量跟全校師生說了這一點。

夏嘉佳的死登上新聞後，媒體接著採訪到了夏嘉佳的媽媽，學校對於遲到學生的懲罰也在鏡頭前被揭露。

校規在這之後終於被修改，若學生的長期遲到有特殊理由，向學校報告後，校方會視情況接納。

雖然我之後還是每天遲到被罰站，不過我總覺得夏嘉佳一直在旁邊陪著我，或許我的運氣之背，連她也不忍心再看下去了吧……

囤積之房

因為職位輪調的關係，我準備要搬到北部的城市了。

這件事對我來說一喜一憂，值得開心的是薪水有加給，我也一直很想去北部生活看看，憂心的是要找新房子，公司雖然有提供租屋津貼，不過找房子的事情還是要自己來才行。

我透過租屋網站開始找公寓，也約房東陪我一起看房，不過看的公寓不是太貴就是離公司太遠，都不符合我的需求，如果能找到離公司近又便宜的公寓，那就太好了。

「離那個地點近又便宜的話，我知道有一間套房，你要參考看看嗎？」今天見面的房東聽完我的需求後，說：「不過那裡的上任房客剛搬走，東西還沒整理好，你要先看一下嗎？」

我答應了，只是看看的話應該沒關係。

房子的地點離公司果然很近，只要走五分鐘就能抵達公司，連搭捷運的時間都省了。

不過走進房子內部後我卻嚇到了，房間雖然是採套房的設計，不過空間很大，除了床之外還有一個開放式的客廳。

讓我嚇到的不是空間格局，而是房裡的景象，裡面堆滿了各種垃圾，各種外送食品的包裝被塞在垃圾袋裡，這些垃圾袋像沙包一樣在房間角落堆積成個小堡壘，客廳桌子旁邊有一座由衛生紙跟各種小垃圾組成的金字塔，我猜被埋在下面的應該是垃圾桶吧，旁邊還有飲料杯疊成的比薩斜塔、沒拆開的網購紙箱蓋成的城堡等等，各種世界奇觀都在這房間裡集合了。

我目瞪口呆看著這一幕時，房東已經開始解釋：「上任房客是一對惡劣的年輕情侶，租約到期後連垃圾都不清，就這樣直接跑掉了，我好幾次打電話要求他們清理，他們還堅持自己沒有囤積垃圾，現在的年輕人真是太差勁了……啊，不用擔心，如果你確定要住的話，我會請清潔公司先把這裡打掃乾淨，到時再算你一些折扣。」

房東告訴我金額後，確實便宜，要是住進來的話，不只離公司近，連租屋津貼都有餘額可以運用，真是一舉兩得。

「好吧，我就決定租這裡了！」儘管心意已決，不過我還是裝出擔心的樣子，給房東施加一點壓力：「不過這些垃圾真的有辦法清乾淨嗎？我看有些痕跡都滲到磁磚裡了……」

房東笑瞇瞇地說：「當然，我有長期配合的清潔公司，給我兩天時間，他們一定能把這裡變得跟全新的一樣！」

兩天後，我拎著行李搬進來了，房東沒有說謊，清潔公司真的把房間打掃得一塵不染，連磁磚都像是剛換新的一樣。

正式搬進去後，我的新生活開始了，不管是工作或日常生活都很順利，雖然獨自一人待在陌生城市有點寂寞，不過待久之後，我反而喜歡上這種頂著寂寞打拼的感覺了。

我專注於這種生活，搬來一個多月後都沒有回過家，爸媽都很擔心我在外地的生活，儘管我叫他們不用操心，但最小的兒子獨自在外打拼，父母怎麼可能放得下心？於是他們請大哥北上來找我，看看我生活中有沒有缺什麼。

當天，大哥出現在公寓一樓時，跟我想的一樣，他手上果然提滿了爸媽要給我的食物跟衣服。

「真是的，不是都說不用了嗎？」我苦笑地看著大哥手上的東西。

「他們叫你無論如何都要收下，你就拿去吧。」大哥也一臉無奈。

一起上樓後，我打開房門請大哥進來，他卻站在門口一副不知所措的樣子。

「大哥，快進來啊。」我說完後，大哥才面有難色地踏進房間。

把爸媽給的東西放到地上後，大哥像是在顧慮什麼一樣，小心翼翼地問道：

「弟……我問你，你怎麼把房間搞成這個樣子？」

「我房間？怎麼了？」我環顧了一下房間，沒發現什麼異常。

「你是在裝作沒看到嗎？你以前不是很愛乾淨的嗎？」大哥嘆了一口氣，說：「沒關係，你跟哥說，你是不是因為工作壓力大才變成這樣的？」

「哥，你到底在說什麼啊？」我完全聽不懂大哥的意思。

「我在說你的房間啊！這些垃圾、還有這些雜物，你囤積這麼多東西幹嘛？」大哥用手指向房間的各個角落，但從我的視角看過去，房間就跟平常一樣整齊舒適，根本沒有什麼垃圾。

「哥，壓力大的是你吧？我房間明明很乾淨！」這是我的房間，我理所當然地堅持自己的立場。

這個話題讓我跟大哥之間有了火藥味，兄弟難得見面，大哥也不想跟我吵架，他擺了一下手說算了，可他這樣敷衍的態度卻讓我更感到生氣。

那一天，大哥只在我房裡待不到十分鐘就走了。

＊＊＊＊＊

一個禮拜後，大哥又北上來找我，我也想跟大哥好好聊聊上次的事情，於是邀請他再來我房間，他卻堅持跟我約在捷運站附近的咖啡店，從他電話中的語氣聽起來，他對我房間的感覺只有厭惡。

我到咖啡店一坐下來，大哥就把一個東西放到桌上，態度強硬地說：「戴上去。」

大哥放在桌上的是一個黃色的護身符，也不知道從哪裡求來的。

「哥，這是什麼？」

「戴上去後我就會跟你解釋清楚，就這一次，你相信哥就對了。」大哥咬著下嘴唇，眉間委婉地皺在一起。

我小時候做錯事情，大哥幫我頂罪被爸媽罵的的時候，他臉上就會出現這種裝可憐的表情，每次都讓爸媽不忍再罵他，可以說是他保護弟弟的專用絕招。

我對這個護身符還是有點疑慮，不過大哥都擺出這張臉了，我只好乖乖把護身符戴到脖子上。

「然後呢？」我問。

大哥拿出手機，點出幾張照片給我看：「這是我上次在你房間拍下的照片，你自己看吧。」

看到大哥手機裡的照片，我先是覺得很疑惑，因為照片裡的根本不是我房間，反而像是前任房客留下來的房間，垃圾袋蓋成的堡壘、飲料杯疊成的斜塔、衛生紙堆積而成的金字塔全都在照片裡重現了。

多看幾眼後，我的情緒逐漸被震驚取代，因為照片裡的床單、電腦、衣服都是我的，這確實是我的房間沒錯！但那些多出來的垃圾是怎麼回事？

「這是我房間？」我脫口問道。

「沒錯，我上次去你房間，看到的就是這個樣子。」大哥點頭說。

怎麼可能？我房間怎麼會有這麼多垃圾？

大哥突然問：「我問你，你上次丟垃圾是什麼時候？」

「這……」我本來想回答昨天或上禮拜，但我竟然完全不記得上次丟垃圾的時間點。

搬到這裡之後，我從來沒丟過垃圾，我卻一點也不覺得奇怪，反而在房裡跟那些垃圾和平共處，甚至沒看到它們的存在……難道我跟前任房客一樣，也變成有囤積癖的怪人了嗎？

大哥繼續說：「我上次回去後跟爸媽說你房間裡的狀況，他們本來也不信，是看到照片後才相信的，他們覺得你一定是出事卡到了。」

「那這護身符是……」

「是老爸跟一個認識的法師求來的，那位法師看過你房間的照片後，他說房裡有不好的靈，那個靈就是造成你囤積垃圾的原因，法師說你在房間裡待久就會被靈同化，所以你才會覺得那些垃圾是正常的，不過只要戴上這個符，你就不會受到影響了。」

原來如此，所以我現在算是恢復正常了？

「那位法師還有說什麼？有辦法能解決嗎？」我焦急地問。

大哥搖搖頭，說：「除非房東願意辦法事除靈，不然他說你除了搬家之外，沒有其他方法了。」

叫房東請法師去除靈，用膝蓋想也知道不可能，因為這樣做就代表在跟大家說這棟房子有問題，以後還怎麼租給別人？

「要搬家的話，我勸你越快越好，我也可以幫你搬。」大哥說。

看著大哥認真的表情，我最後還是搖了搖頭，說：「不用了，我現在還不想搬……那裡的房租便宜，離公司又近，而且在大哥來之前，我住的還蠻舒服的。」

「可是那房間明顯有問題啊！」大哥急了，說：「爸媽也擔心你住太久會出問題，還是快點搬走吧！」

我摸著脖子上的護身符，說：「我想再住一段時間看看，如果戴著護身符能讓我恢復正常的話，那我在家的時候就都戴著，這樣就不會被影響了吧。」

大哥最後拗不過我，只能點頭同意，前提是我必須答應他，待在房間裡的時候，我一定要隨時戴著護身符。

跟大哥談好條件後，接下來的問題就是房裡的垃圾，有護身符之後，我就不能假裝看不到那些垃圾了，必須清理掉才行。

還好大哥整天都有空，他答應幫我一起清垃圾，有了他的幫忙，今天之內就可以把垃圾全處理掉了。

回到我的房間，打開房門的時候，儘管我已經做足了心理準備，但視覺跟嗅覺的雙重震撼還是讓我受到不小的打擊。

室內滿坑滿谷的垃圾跟臭味，在護身符的作用下全都現出原形了，真不敢相信，我竟然在這樣的房間裡生活了一個多月？

「好啦，我們快點開始吧！」

大哥也受不了垃圾的臭味，我們很快開始分工作業，由我在房間裡打包垃圾丟出來，大哥則是在樓梯口接住垃圾並集中在一起，等垃圾都清出來，我們再一袋一袋拿下去丟。

我們本來預計下午就可以全部清乾淨，但清理作業開始沒多久，意外就發生了。

當時我正把一袋裝著寶特瓶的垃圾袋丟給大哥，大哥雙手還沒接穩，他就突然面露驚恐、身體像是看到可怕畫面似的往後仰倒，張開嘴巴準備要大叫。

「你後面！」

大哥一句話還沒喊完，他的身體就因為後仰而踩空在樓梯上，整個人從樓梯口摔了下去。

「大哥！」

我趕緊衝出房間，摔下樓梯的大哥落在樓梯間的平面上，他緊咬住牙齒、一臉痛苦地把手壓在右腳踝上，剛才摔下來的過程中，他的腳踝似乎受到嚴重的撞擊，現在連站都站不起來。

清掃的過程因此暫停，我趕緊叫救護車來把大哥送到醫院。

直到醫護人員把大哥抬上擔架，大哥才終於鬆開緊咬的牙關，對著我說：「先聽我說完……你一定要快點搬走……」

大哥努力說出清楚的句子，把剛才沒喊出口的話傳達給我。

「你把垃圾丟給我的時候，我看到……房間裡有個女人……她就站在你後面瞪我……你絕對不能再住下去……」

大哥的受傷證明一件事，房間裡的靈不只會讓人染上囤積癖，她還會傷害無辜的人。

*****

我改變一開始的想法，決定搬家，大哥已經受傷了，再住下去不知道還會發生什麼可怕的事情。

為了這件事，爸媽也來了，幫大哥辦出院時，他們一起勸我快點搬家，我請他們不用擔心，我很快就會搬走了。

爸媽跟大哥一起回去後，我馬上打電話給房東，跟他說我要提早解約，押金我也不要了。

「這樣啊。」房東的語氣像是早就料到事情的發展，他理所當然地說：「解約可以，不過有個條件，你房間裡的垃圾要自己清理掉。」

房東果然知道搬進來的人都會染上囤積癖的事情，他卻沒有跟房客說明清楚，我也懶得跟他生氣，直接答應了他的條件。

我終於知道之前住在這裡的年輕情侶發生什麼事了，他們在搬進來前也是普通人，住進來後才開始囤積垃圾，只是他們從頭到尾都沒意識到這件事，租約到期後就丟下垃圾一走了之。

問題是，房間裡的靈體似乎不希望我清理垃圾，我可能會和大哥一樣受傷，於是我主動聯絡跟房東配合的清潔公司，希望他們能過來清理，費用當然是我自己出。

我到清潔公司跟負責人見面提出委託，負責人是個長著國字臉、一臉老實的中年大叔。

一聽到我現在住的地方，負責人就嘆氣說：「唉呀，又是這一間啊？」

「老闆，我的房間你們處理過很多次了嗎？」我問。

「是啊，那房間不知道有什麼問題，每個住進來的人都會在裡面堆滿垃圾，如果只有一兩個，那就是人的問題，但每個都這樣的話，就絕對是房間的問題了！」

我想起大哥在摔下樓梯前看到的那個女人，她跟會傳染的囤積癖一定有關聯，問房東的話他絕對會裝死，或許清潔公司這邊會有答案。

我又問：「老闆，你還記得第一次處理這房間時的情形嗎？」

「喔，那是五年前的事情了吧。」當時的記憶在負責人的腦海裡還很鮮明，他很快回答道：「一開始是一個獨居死掉的女人，她是在房裡酗酒猝死的，我們去的時候屍體已經被抬走了，不過房間裡留下一堆垃圾，這個案子之後，住進那房間的房客就都喜歡囤積垃圾了，根本跟詛咒一樣……」

負責人像是說上癮了，我還沒接著問，他又滔滔不絕繼續說：「這個案子真的讓我們公司很頭痛，要收清潔費的時候，那女人的家屬都不願意出面，甚至還拒絕承認她是他們的家人，最後這筆費用只好我們自己吸收，葬儀社的人也遇到同樣的狀況，女人好像跟家裡斷絕聯絡了，沒人願意幫她辦理後事，連來認屍見最後一面都不肯，遺體最後就草草火化掉了。」

「這也太慘了吧。」我故作誇張地說，「他們家到底發生什麼事情啊？」

「好像是賭博惹的禍，那女人很愛賭博，年紀輕輕就欠下大筆賭債，黑道三天兩頭就到她家去堵人，丈夫不堪其擾，就偷偷帶女兒離家出走，那女人後來連房子都保不住，就搬到這裡來了，我聯絡女兒要收清潔費的時候，她女兒還堅持說她沒有這個媽媽，那女人真的是個失敗的母親呀。」

「請問有當時的照片嗎？」

「每件案子的照片我都有存在電腦裡，你怎麼會好奇這件事啊？」

「算是一種緣份吧，既然有緣住進同一間房間，就會想看看之前房客的樣子。」我隨口亂講，其實我是想看能不能藉由當時的照片，來找到囤積癖詛咒的源頭。

還好負責人沒起什麼疑心，直接打開電腦調出當時的照片，照片裡的確實是那間房間，只是傢俱、擺設都不一樣，囤積的垃圾也有所不同。

照片上，女人的遺體已經被移走了，房裡留下一大堆雜物，仔細一看的話，會發現那些雜物並不是垃圾，而是打包起來的私人物品。

「能讓我看一下那些東西的近照嗎？」我說。

負責人又調出其他幾張照片，可以看到雜物中有許多衣服，但那些衣服明顯不是大人的尺寸，而是小孩子的，其他的東西還有毛絨玩偶、印著小學跟國中校名的獎狀等等，床頭櫃上擺著幾張照片，是一名女子跟國中女學生的合照，女子跟女學生的長相都很清秀，像是同一個模子印出來的。

負責人這時補充說道：「照片中的女人就是那個酗酒死掉的房客，旁邊的女學生好像就是她女兒。」

「這樣看起來，房間裡其實沒什麼垃圾，幾乎都是她女兒以前的東西呢。」我說。

「是啊，不過人只要死掉了，留下來的東西就是垃圾了。」

負責人無心說出的一句話，卻讓我想通了一件事。

我知道了，我知道為什麼了。

為什麼女子死後還留在房間裡，以及她為什麼要讓後來的房客都染上囤積癖，原來是因為這個原因啊！

*****

隔天，負責人率領團隊來到我的房間。

專業的果然有差，他們很快就把我房間的垃圾都清乾淨了，男性為主的清潔團隊陽氣強盛，女子並沒有出手傷害他們。

房間恢復乾淨，清潔團隊也離開後，我回到房間裡，準備開始談正事了。

「我知道妳還在這裡。」我對著空蕩蕩的房間說道：「我準備要搬走了，在我離開前，我有些話一定要跟妳講清楚。」

我因為緊張而不斷吞嚥著唾液。

「我知道妳不是真的想傷害我哥，妳只是不想讓我們把這裡的東西拿走，因為妳的東西就是這樣被清掉的，可是……就算妳讓接下來的房客囤積再多東西，妳女兒的東西都不會再回來的。」

我每說出一句話，房間裡不只我一個人的感覺就越來越強烈。

這種感覺……是在後面嗎？

我將身體往後轉，女子果然就站在我身後。

女子穿著去世時穿著的睡衣，她看起來四十出頭，還很年輕，不過酗酒讓她的皮膚跟臉色都很糟糕，更不用說她現在已經死了，鬼魂的形體讓她的模樣看起來更加恐怖，難怪人哥一看到她就嚇到摔下樓梯。

女子用顏色混濁的眼球瞪著我，像是在質問我跟她說這些幹嘛。

我拿出手機，撥出了一通電話。

「喂？」

聽到電話裡傳來的聲音，女子整個人像觸電般抖了一下，因為這正是她死前最掛念的，女兒的聲音。

還好清潔公司負責人會留著每個客戶的電話號碼，我也很輕鬆就跟他要到了。

「妳好，」我對著手機說：「妳應該不認識我，不過我現在住在妳媽媽去世的房間裡，有些事情我覺得必須告訴妳。」

「什麼媽媽？我們家沒這個人。」女兒的聲音瞬間變得反感，感覺她隨時會掛掉電話。

「聽我說，她去世的時候，妳沒有來見她最後一面，連她房間的樣子也沒看過吧？」我說：「妳知道在她的房間裡，囤積最多的是什麼東西嗎？」

「我不知道，一定是一堆空酒瓶跟啤酒罐吧，那種人死掉跟我一點關係都沒有！」

女兒厭惡的口氣在電話中徹底展露，聽到女兒的口氣，我面前的女子鬼魂也露出哀傷的表情。

「她房間裡裝滿的不是垃圾，而是跟妳有關的東西。」我說：「袋子裡裝著妳的衣服、妳的獎狀，還有妳小時候的照片……滿滿都是妳的東西，她留不住妳長大的房子，但是她把妳的東西全帶過來了，到她死為止都沒有丟掉。」

電話那頭的女兒沉默了，她一定是第一次知道這件事吧。

「她是個不及格的爛母親，不過她很愛妳，這點我可以感覺得到，我相信她離開的時候，一定也很後悔自己變成這樣的人吧。」

把該說的話都講完後，我掛斷了電話。

她接下來是要繼續憎恨母親？還是要原諒母親？這是她自己的決定，我無法干涉。

「這樣一來，妳就可以解脫了吧。」我看著女子的鬼魂。

女子的模樣看起來沒有一開始那麼恐怖了，此刻的她不管是皮膚還是眼神都逐漸變得乾淨，甚至透出純淨的白光。

女子流著眼淚對我點了一下頭，她身上發出的淡淡白光開始將她整個人籠罩住。

白光消散的同時，女子也從我眼前消失，空蕩蕩的房間裡只剩下我。

女子死前一定深陷在懊悔中，她沒有臉去找女兒，只能透過囤積的物品來回憶跟女兒在一起的時光。

人死後，囤積下來的東西遲早會被丟掉跟遺忘。

不過沒關係，只要自己記得就好了，只要在自己死掉之前記得就好。

對女子來說，她只能透過這種方式繼續愛著女兒了。

1：1的愛與恨

「你可以來參加我的婚禮嗎？」

接到東旭的電話時，我以為他有什麼很酷的模型收藏要跟我分享，沒想到竟然是邀請我參加他的婚禮，這爆炸般的消息讓我嚇了一跳，因為他結婚的消息根本毫無徵兆，我甚至不知道他有女朋友了。

我是在一場日本模型巡迴展中跟東旭認識的，東旭是一名客製化的模型設計師，只要給他幾張照片，他就能製作出跟本人一模一樣的模型公仔，我的工作則是動畫的人形設計師，我們的工作都是創作跟人有關的事物，聊上天後，我跟東旭很快就變成好朋友了。

東旭的個性其實很內向，第一次見面的時候很難跟他搭上話，不過只要聊到跟模型有關的事情，他的嘴巴就停不下來，這也是我們會成為好友的原因，我甚至用自己當模特兒，跟東旭訂製了屬於自己的公仔。

「我想介紹我女朋友給大家認識，你這週末能來我家嗎？」東旭在電話中問道。

我去過東旭家好幾次，他在一棟大樓裡租屋，同時也是他的工作室，那裡可以說是男人的天堂，整個空間擺滿了模型的收藏櫃，還有一個房間是專門放遊戲主機的電間，我每次進去都像走進精神時光屋，經常玩到忘記時間。

我週末剛好沒事，便答應了東旭的邀請。

時間到了週末，我依約前往東旭家，還在大樓門口遇到了東旭邀請的其他朋友，他們都是不同領域的創作者，有漫畫家、動畫師等等，大家之前都在東旭家見過面，所以彼此都認識。

坐電梯上樓抵達東旭家，我們原本以為東旭會跟女友一起開門迎接我們，不過開門的卻只有東旭一個人。

「東旭，你女朋友呢？」大家都迫不及待想看東旭女友的廬山真面目。

「她在裡面……大家先進來吧。」東旭用緊張的語氣接待我們。

我們走進屋裡，很快就被屋裡的一道光芒吸引，有個正在散發白色光芒的人影站在那裡。

那是一名穿著婚紗的年輕女子，女子身上綻放出來的美麗讓我們全都忘記了呼吸。

女子有著一副標緻的瓜子臉跟充滿魅力的水靈大眼，身上的婚紗更為她增添了幾分仙氣，我心裡正在驚嘆東旭怎麼能找到這麼漂亮的女朋友時，我突然發現有點不對勁，因為女子看到我們一行人後，她臉上的表情完全沒有動過，連眨一下眼、開口說一句歡迎都沒有。

再仔細一看，我們發現站在那裡的根本不是人類，而是一具1：1比例的等身模型人偶，模型臉部的作工維妙維肖，五官跟神韻都逼真到跟真人一模一樣。

發現這一點後，我們又一次地說不出話來，這時東旭有點害羞地開始介紹：

「她……她叫做姿文，是我的女朋友兼未婚妻，我花了兩年的時間才把她製作出來，現在終於可以把她介紹給大家了。」

東旭像是沒注意到我們驚訝的表情，自豪地說：「怎麼樣，姿文很漂亮吧？」

東旭的手藝真不是蓋的，姿文真的很美，美到連一流的女明星都無法跟她比擬，不過這無法掩蓋她是一具模型的事實。

我們想不出話來，只能支支吾吾地說著：「嗯……真的很漂亮……」

東旭的結婚對象，就是這個模型嗎？

我曾經看過有人跟二次元動畫人物結婚的新聞，在這個時代並不是什麼稀奇的事情，就算東旭選擇跟自己喜歡的模型結婚，那也是他的選擇，身為朋友的我們應該要替他感到開心才對。

這樣一想後，我心裡覺得輕鬆多了，臉上也露出真心為東旭感到開心的笑容。

其他人似乎也想開了，紛紛拍手祝賀東旭。

這時，站在我旁邊的漫畫家雲凱問：「東旭，你跟姿文是怎麼認識的？」

這是我們都想知道的問題，就算是跟虛擬人物結婚，也一定有個愛上她的理由，這個「姿文」到底是誰？

「姿文是我以前的女朋友。」東旭走到姿文身邊，伸出雙手溫柔地幫她整理婚紗，接著說道：「那是我還待在老家時的事了，她也是我的未婚妻……雖然時間已經過了很久，不過我一直記得她的樣子，現在的她只是一個模型，不過對我來說，她此刻就活在這裡。」

雲凱忍不住又問：「那這個姿文她現在……」

「她去世了。」

東旭垂下眼神，表情也變得不太對勁，感覺得到他不想提到姿文的過去，他只在意眼前的這個姿文，雲凱也識相地不再繼續問了。

不管怎樣，我們這些朋友都很支持東旭，創作自己喜歡的事物、跟自己喜歡的人物結婚，這沒什麼大不了的，就算結婚對象是一個模型，我們也支持他。

只是跟模型結婚的話，在國內無法順利登記，也沒有結婚證書，於是我們決定幫東旭跟姿文舉辦一場只屬於他們的婚禮。

「模型不會說話，但創作者可以賦予他們聲音。」東旭感動地說：「我幫姿文跟你們說謝謝，有你們這些朋友真的太幸福了。」

一個月後，婚禮正式舉行，地點就在東旭家裡。

那是一個簡單的小婚禮，除了正式的證書之外，其他的一切都沒有少，穿著禮服的東旭跟姿文一起進場，婚禮蛋糕、酒宴都有，婚禮小遊戲一應俱全。

參加的賓客只有我們這些朋友，東旭的家人一個都沒到場。

當然，跟模型結婚這種事以長輩的眼光來看是絕對不能接受的，加上東旭從未跟我們提過家人的事情，所以我們都認為東旭跟家人的感情並不好。

之後發生的悲劇，更是直接證明了這一點。

*****

東旭結婚之後，我跟雲凱時常會去他家聊天、玩電動。

我們每次去的時候，姿文就站在客廳迎接我們，儘管她不會說話也不會表達情緒，但我們都會跟她打招呼，而且姿文每次身上穿的衣服都不一樣，看得出來東旭很寵她，每天都會為她精心打扮。

如果東旭娶的是真人，那他一定會是個好丈夫。

幾個月後，我正在家裡畫圖，突然間收到雲凱的訊息。

雲凱傳了一則十分鐘前的新聞快報給我，有一棟大樓因為氣爆引發火災，新聞中附上大樓的外觀，正是東旭的住處。

「我剛剛一直聯絡不到東旭，怎麼辦？」雲凱又傳來訊息。

「我現在馬上過去，我們在那裡集合。」我拋下畫到一半的工作，火速趕往失火的大樓。

抵達現場後，我在消防隊架起的封鎖線外面找到雲凱，眼前的畫面一片混亂，大樓門口停滿消防隊的車輛，整棟大樓也被封鎖無法出入，我們仍聯絡不上東旭，不知道他是生是死。

好不容易等到火勢全部撲滅，我們才終於穿過封鎖線，跟消防人員表明身份。

「我們有朋友住在裡面，現在還聯絡不上他！」我焦急地說。

滿臉都是灰燼的消防員回問道：「你朋友住在幾號？」

把東旭的房號報給他後，消防員的臉色突然變得比燒焦的灰燼還要黑。

「我們在那房間發現一具遺體，不確定是不是你們朋友，可以幫忙指認嗎？」消防員說。

我跟雲凱心裡一涼，彼此都做好了最壞的打算。

醫護人員把遺體搬出來讓我們指認，躺在擔架上的果然就是東旭。

東旭的身體有一半都燒焦了，燒傷集中在背部，正面臉孔沒有被火焰侵蝕，所以還認得出來。

「我們發現他的時候，他趴在一具大的人體模型上面，那具模型只有輕微被燒到，多數火勢都燒到他身上了。」

聽到消防員的解釋，我跟雲凱都知道發生了什麼事。

火災的當下，東旭沒有選擇逃跑，而是用自己的身體保護姿文，如果他第一時間逃跑的話，說不定還有機會能活命……

＊＊＊＊＊

東旭去世的當晚，東旭的父母就從老家趕來了，他們沒有選擇在這裡舉辦喪禮，而是把東旭的遺體用最快的速度火化後再把骨灰帶回去，至於東旭的家，他們連踏進去看一下都不想。

火災過後，東旭家從男人的天堂變成了地獄，他引以為傲的模型收藏、幫客人製作的公仔全都毀了，放模型的收藏櫃倒在地上，撒落一地的模型沒有一個是完整的，要不是被火焰燒黑熔毀，不然就是被消防人員踩碎，只有東旭捨命保護的姿文保留了完整的樣子。

東旭的房東說之後會請清潔公司把房間清乾淨，我們捨不得姿文被丟掉，畢竟她是東旭捨棄性命也要保護的對象，我們也感覺得到東旭在她身上投入的感情，於是我們聯絡東旭的父母，希望他們能把姿文帶回去陪東旭，沒想到卻換來一頓臭罵。

「東旭根本沒交過女朋友！也沒有什麼未婚妻！你們不要在那邊胡說八道！」話筒中，東旭父母的怒吼聲幾乎要將我的耳膜震碎：「那種莫名其妙的模型，沒拿去丟掉就不錯了，還要我們帶回去？你們不要再管東旭的事了！」

我在電話裡莫名挨了一頓罵，只能證明東旭跟家人的感情真的很糟糕。不過東旭父母說東旭根本沒交過女友，東旭卻說姿文是他在老家時的未婚妻，到底誰說的才是真的？難道姿文終究只是東旭幻想出來的人物嗎？

不論如何，我跟雲凱都不想把姿文丟掉，討論過後，我們決定先把姿文放在我家，藉此來紀念東旭。

姿文身上的衣服因為火災的關係變得破破爛爛的，我跟雲凱買了幾件女裝給她換上，然後一起搬到我家。

安置好姿文後，雲凱突然緊盯著姿文的腹部，然後伸手摸了一下。

「喂，你幹嘛啦？」我急忙阻止雲凱，雖然姿文只是模型，但從精神層面來說，她仍然是東旭的老婆。

「沒有啦，只是說……」雲凱指著姿文的肚子，有點懷疑地說：「你有沒有感覺……姿文的肚子好像變大了？」

我低頭看了一下，的確，跟之前看到的時候比起來，姿文的腹部微微隆起，看上去就跟懷孕初期一樣。

不對，模型怎麼可能懷孕？

「想太多了吧，她只是模型耶，模型也會變胖喔？」

我拍了一下雲凱的後腦勺，他則是摸摸腦袋說：「我覺得真的變大了呀……」

姿文搬進來之後，我感覺家裡好像真的多了一個人，每天上下班時，我都會跟姿文打招呼，沒有靈感的時候，我也會透過跟姿文聊天來獲取靈感，奇妙的是，姿文明明不會說話，但透過跟她聊天的過程，時常有想法會出現在我腦袋裡，彷彿有人在我的耳邊偷偷低語，把我沒想到的東西告訴我……

更讓我在意的是姿文的肚子，就算我再怎麼跟自己說「不可能」，但她的腹部真的變大了，我跟雲凱幫她換上去的褲子已經被撐開，鈕扣幾乎要蹦開來，看上去很不舒服，穿起來一定也很難受。

我買了一件寬鬆的孕婦洋裝幫姿文換上去，穿上去竟意外的合身，我看著姿文在孕婦裝底下的隆起腹部，心裡還是搞不懂這是怎麼回事，為什麼模型的身材會發生變化？東旭製作姿文時是用了什麼新技術嗎？

這個時候，雲凱突然打了電話給我，他用焦急的語氣請我去東旭家一趟，原來東旭的房東要提早把房子清乾淨、重新裝潢再租出去，雲凱不忍心看東旭的東西都被丟掉，於是過去看看還有什麼東西能搶救，結果在東旭家裡等他的卻是無法解釋的畫面。

我馬上趕到東旭家跟雲凱會合，只見掉落一地的公仔跟模型像是有了自己的生命，一個一個竟然全都站起來了。

「我……我不知道公仔怎麼都站起來了，所以才打給你。」雲凱不知所措地說。

我看著站起來的公仔模型，發現他們全都面對同一個方向，而在那個方向頂端的，是房間中唯一沒倒下的書櫃。

「模型不會說話，但創作者可以賦予他們聲音。」我耳邊突然響起東旭說過的話。

我走到書櫃前方，開始檢查上面的每一本書。

雲凱看不懂我在幹嘛，問道：「你在做什麼？」

「你還沒發現嗎？」我繼續翻著書，說：「這些模型不是自己起來的，是東旭讓他們站起來的，每個模型都面對書櫃，代表東旭在書櫃裡有東西想讓我們找到。」

雲凱聽完後恍然大悟，也加入檢查的行列。

書櫃上的書很多都燒焦到無法辨識了，不過那不重要，既然東旭會把書櫃指出來，就代表東西還在這裡。

最後，我們在書櫃底層找到一封裝著照片的牛皮紙袋。

紙袋的外觀被燒掉一半，不過裡面的照片平安無事。

裡面裝著東旭跟姿文的合照，有東旭騎車載著姿文一起歡笑的照片、有兩人一起坐在摩天輪上吃冰淇淋的照片、也有兩人臉貼著臉的甜蜜照片。

不管怎麼看，照片中的姿文都不是模型，而是活生生的人類。
東旭沒有騙我們，姿文是真的存在，而且曾經活著。

＊＊＊＊＊

我跟雲凱只帶走了東旭跟姿文的照片，公仔跟模型就留在原地讓房東收掉了，那些模型已經盡到使命，成功傳達主人想說的話了。

我邀請雲凱到我家一起吃晚餐，順便討論接下來該怎麼辦。

到我家門口的時候，雲凱提議道：「我們要不要帶這些照片去東旭的老家跟他父母對峙？這樣就可以證明東旭跟姿文真的交往過了。」

想到上次在電話裡挨罵的屈辱，我忍不住皺起眉頭：「算了吧，我對東旭的父母沒有好感，搞不好他們早就知道姿文的存在，只是不想承認而已。」

「為什麼不承認？姿文不是東旭的未婚妻嗎？」

「我哪知道，如果東旭還在的話，就能告訴我們答案了。」

我話剛說完，一陣微弱的聲音突然從門後傳進我的耳裡，我「噓」了一聲示意雲凱不要說話，同時專心聆聽門後的聲音。

雲凱豎起耳朵，他也聽到那個聲音了。

嗚……哇……哇……

聲音雖然弱小，但辨識性十足，錯不了的，是嬰兒的哭聲。

但我家裡怎麼會有嬰兒？

我迅速用鑰匙打開家門，進去一探究竟。

嬰兒哭聲的來源正是姿文隆起的腹部，我們進屋後，嬰兒的哭聲突然變得又快又急，讓我們一時慌了手腳。

「這……她是不是要生了？」

「好像是，怎麼辦？」

「總、總之先讓她躺下來吧。」

我們把「模型不可能懷孕」的原則拋到腦後，齊心協力讓姿文躺在地板上，我甚至拿出枕頭讓她墊著，但接下來要做什麼？我們兩個男生完全沒有頭緒，該叫救護車嗎？

「請派救護車來，有個女性模型快生了！」太扯了，這種報案內容誰會信啊？

姿文腹部裡的嬰兒哭聲仍在持續，若不快點把他取出來，只怕嬰兒會悶死在裡面。

雲凱不知道哪來的靈感提出建議：「這種情況應該是要剖腹產吧？」

「對！剖腹產！」我頭腦一片混亂，不管怎樣，先把嬰兒拿出來再說。

我從廚房裡拿出菜刀，雲凱則是掀開姿文的孕婦裝，露出凸起的腹部。

「姿文，對不起了。」我咬著牙齒，用刀鋒在姿文的腹部割出一道橫線。

我本來以為要很大力才能剖開姿文的腹部，沒想到姿文的皮膚表面就像絲綢一樣柔軟，刀鋒輕輕劃開，腹部的皮膚便自然往兩旁打開，露出底下蘊藏的空間。

一個嬰兒被塞在姿文的腹部空間裡，是個男孩子。

男嬰雙眼緊閉、已經停止了哭泣，兩隻小小的手掌維持往上的姿勢，像是渴望有人能抱住他。

我放下菜刀，用顫抖的雙手把男嬰從姿文的體內抱到懷裡。

「要不要我拿一條布來幫他保溫？」雲凱在一旁擔心地看著。

「不需要。」我發現自己的語氣比我想像的還要冷靜。

我很久沒抱過嬰兒了，不過我知道嬰兒抱起來是什麼感覺。

在我懷裡的男嬰沒有人類的溫度，也沒有嬰兒該有的柔軟，因為他跟姿文一樣不是真人，而是模型，1：1的嬰兒模型。

從一個大人的模型裡，我們剖腹接生了一個嬰兒模型。

要不是這件事就在我們眼前發生，不然我的大腦根本無法接受這樣的資訊。

我跟雲凱都還沒從這誇張的現實中回過魂來，我們又聽到了一個聲音。

「帶我的孩子回家。」

是東旭，他的聲音從姿文身邊傳來，彷彿他從沒離開過姿文。

「東旭？」我有好多事情想問東旭，但我低下頭時，看到的卻是破碎的一幕。

姿文的皮膚表面延伸出密密麻麻如乾涸沙漠般的裂痕，這些裂痕像乾旱一樣迅速佔據姿文全身，最後嘩的一聲，姿文整個人徹底碎裂開來，化成無數顆粒散落在地板上。

只有一個東西安然無恙，就是我抱在懷裡的嬰兒。

姿文的自我破碎，像是她把所有一切都挹注在這孩子身上了。

*****

「帶我的孩子回家。」

這是東旭最後留給我們的話。

我跟雲凱都認為這句話裡的「家」，指的是東旭的老家，而不是東旭在這裡租的房子，因為房東已經把東旭的房間清乾淨，正在重新裝潢了。

東旭老家在東部的市區，我跟雲凱利用假日，先坐火車抵達東部，再坐計程車前往東旭老家。

我們沒有先跟東旭的父母聯絡，依照上次的經驗，聯絡他們只會被罵而已，不如帶男嬰模型直接上門跟他們解釋清楚，希望他們能讓男嬰陪在東旭的靈位旁邊，我相信這也是東旭的心願。

東旭是如何讓姿文懷孕的？模型怎麼可能懷孕？我無法解釋，但我相信東旭在火災中拼死保護姿文，一定就是為了這個嬰兒。

東旭老家是一間獨棟的平房，我按了好幾下門鈴，屋裡沒有回應，東旭父母好像出去了。

我轉頭看向雲凱，說：「好像沒人在家。」

雲凱雙手捧著一個紙箱，箱子裡裝的正是男嬰的模型，這時雲凱肚子突然發出一陣咕嚕聲，他皺起眉頭說：「不然我們先在附近找東西吃，等一下再回來看看吧。」

我也覺得肚子有點餓了，於是我們在街道上繞了一圈，最後走進一間麵店用餐。

麵店的舊招牌看起來開很久了，我們走進店裡時，老闆正跟店裡的客人有說有笑地聊天，一看到我們走進來，他們全都露出新奇的表情。

「請坐，你們是外地人吧？」老闆客氣地招待我們入座，並推薦了店裡的招牌牛肉麵。

點了兩碗牛肉麵後，隔壁桌的大叔對我們說：「難得會在這裡看到外地人，你們怎麼會來這裡？這裡沒什麼好玩的喔。」

既然東旭在這裡長大，這裡的人應該都認識他吧？於是我主動說道：「我們是張東旭的朋友。」

一聽到東旭的名字，店裡的氣氛突然降溫，剛才臉上還掛著笑容的老闆跟大叔全都沉下臉來，隱藏不住的厭惡感從他們的眼神跟表情中擴散出來，我跟雲凱感覺自己好像從客人變成了敵人。

面對整間店的強烈敵意，我小心翼翼地詢問：「請問東旭他怎麼了？」

「阿東是個好孩子，只是他爸媽……」隔壁桌的大叔懷疑地瞄了我一眼，顯然他對我還懷有戒心，不敢跟我透漏太多。

為了讓店裡的人放下戒心，我跟雲凱主動說出我們跟東旭認識的過程，以及我們對東旭的印象，至於來到這裡的原因，我們只說「來幫東旭捻香」，並沒有提到姿文跟模型的事。

最後，隔壁桌大叔終於點頭接納我們：「看來你們真的是阿東的朋友，那對老瘋子對自己兒子的瞭解可能都沒你們多！」

老闆也說：「那兩個老瘋子要是真的愛阿東，就不會害死阿東的未婚妻了！」

「請等一下，東旭的未婚妻被他父母害死了？」我驚訝問道。

「對啊，阿東沒有把這件事告訴你們吧？」

在老闆跟大叔的接力說故事下，我們終於知道了東旭跟姿文在這裡發生的事情。

「阿東在隔壁村認識了一個女孩子，叫什麼文的……本來都講好要結婚了，結果結婚前那女孩被檢查出有不孕症。」

「這消息一出來，那對老瘋子就不開心了，沒孫子能抱，那還結什麼婚！」

「不過阿東還是堅持要娶那個女孩子，那兩個老瘋子表面上是妥協了，但他們還是想抱孫子，他們不知道從哪裡搞來一堆說可以治不孕的藥給那女孩喝，女孩為了嫁給阿東，就全部喝下去了。」

「沒多久那女孩就死掉啦，最後身體檢查出免疫系統衰弱之類的問題，不過我們這裡的人都知道，那女孩一定是被下毒害死的，那對老瘋子想要阿東娶一個能正常懷孕的女孩子，才會下這樣的毒手！」

「這件事之後，阿東就搬到城市、跟他父母斷絕關係了，你們想想看，阿東一定知道未婚妻是被他們毒死的，不然怎麼連過年都不回家看一下？阿東一定恨透那兩個瘋子了！」

老闆跟大叔你一段我一段，把過去的悲劇詳細講述出來。

聆聽的同時，除了人心的惡毒外，我還感覺到身處事件核心的恐懼。

東旭的父母一直想要抱孫子，所以東旭是為了讓父母一圓心願，才讓我們把男嬰帶回來的嗎？

不對，如果東旭因為姿文的死而憎恨父母，那他為什麼要這麼做？除非……

我下意識地看向放在椅子上的紙箱，然後用手輕輕推了一下。

紙箱裡一點重量也沒有。

我把紙箱從椅子上拿起來，發現紙箱底部已經鬆開來露出一個大洞，男嬰模型早已從紙箱內消失了。

雲凱看到這一幕也目瞪口呆，紙箱就在他旁邊，他卻完全沒注意到男嬰不見了。

「糟了！」

來不及跟雲凱解釋，我已經拔腿跑出麵店。

我還沒付麵錢，但眼前有另一件比沒付錢更嚴重的事情。

「帶我的孩子回家。」

我終於知道東旭這句話的意思了，他這麼做不是為了父母，而是為了報仇。

東旭用1：1的比例重建了他對姿文的愛，也用同樣的比例保留了對父母的恨。

我跑回東旭老家門口，門已經被打開了，一股令人作嘔的味道從門縫中飄散出來。

我推開門走進客廳，客廳的地板是紅色的，那不是地毯也不是瓷磚，而是人身上流出的鮮血。

東旭的父母坐在沙發上一動不動，恐懼感讓我不敢直視他們的模樣，但我知道他們都死了。

東旭的父母一直希望能抱孫子，現在他們終於如願了。

懷著恨意而誕生的嬰兒模型此刻就坐在兩具屍體中間，發出「呵呵呵呵」的恐怖笑聲。

那不是嬰兒的聲音，而是東旭幫姿文報仇後發出的喜悅笑聲。

巷口的喪禮

當時要是有拍下來就好了……

大家一定都有過這種念頭吧，當我們在日常生活中遇到一閃而過的奇異畫面，卻沒有人相信我們看到的事物時，就會後悔當時怎麼沒用手機拍下來。

不過有時候，有些畫面還是不要被拍到比較好。

前些日子，我接到了高中好友佳毅的電話，他最近剛買新家又準備結婚，可說是雙喜臨門，於是邀請我到他家去吃飯。

趁著週末假日，我坐上另一位高中死黨立權的車，一起前往佳毅的新家。

佳毅有把地址給我們，立權車上也有導航，但我們找路還是找了老半天，因為導航的位置在巷子裡，偏偏附近的巷子都長得一模一樣，路牌跟每戶的門牌號碼也不明顯，車子開進去就像闖進迷宮一樣，導航毫無用武之地，甚至會讓駕駛開始懷疑自己的方向感。

轉進其中一條巷子的時候，一座辦喪事用的大棚架突然出現在眼前，棚架上掛著一個大大的「奠」字，旁邊掛著許多花圈，佔據了巷口大部份的空間。

一看到有人在辦喪事，我跟立權的第一反應跟大多數人一樣，都是別過頭不去看，立權更是用力踩下油門，讓車子快速從棚架旁邊開過去。

我跟立權都是成年人，鬼故事跟恐怖片早就嚇不倒我們了，但「喪事不要亂看」的原則就跟上完廁所要洗手一樣，已經刻印在我們的骨子裡，變成本能反應了。

從喪事的棚架旁邊轉進巷子後，我驚訝地指著一旁住家的門牌，說：「就是這裡！佳毅給的地址就是這條巷子！」

立權轉頭一看，他如釋重負地吐出一口氣，說：「總算找到了！剛才喪事的棚子那麼顯眼，佳毅幹嘛不跟我們說他家巷口在辦喪事？我們就不用繞那麼久了啊！」

「他準備要結婚了，提這個的話會晦氣吧……」我一臉尷尬地幫佳毅說話。

果然，沿著巷子再開一小段路後，我們成功找到了佳毅的家，佳毅也熱情地帶家人出來迎接我們。

佳毅招待我跟立權吃了豐盛的一餐，我們更一起看了下午的球賽，看到佳毅這麼幸福美滿的模樣，我跟立權也不好意思提巷口在辦喪事的事情。

直到晚上要開車離開，立權坐上駕駛座的時候，他才跟出來送行的佳毅說：「欸，你很不夠意思，你知道我們來的時候找你家找多久嗎？你直接跟我們說巷口有人在辦喪事就好了，我們搞不好能提早到，還有時間陪你看一部電影也不一定！」

「喪事？」佳毅一臉狀況外地問：「什麼喪事？哪一家在辦喪事？」

「就你們家巷口啊，那麼顯眼一個……」立權伸手指著巷口，結果他手剛伸出去，下半句話就說不出來了。

不只立權，連我也說不出話來，因為巷口第一棟的房子前面空空如也，根本沒有什麼喪事用的棚架。

是結束所以拆掉了嗎？但這也拆得太徹底了吧。

仔細想想也很奇怪，如果巷口真的有人在辦喪事的話，我們在佳毅家裡多少會聽到唸經跟音樂的聲音才對，但我們卻什麼都沒有聽到。

「怎麼不見了？我們明明看到那棟房子前面在辦喪事的。」

佳毅說：「我搬來這裡之後，巷口的房子就一直是空屋，你們會不會是在別條巷子看到的？」

「怎麼可能？就是在這裡看到的啊！」立權不放棄地說著，我也幫忙作證，但棚架確實消失了，一點痕跡都沒留下。

儘管我跟立權都堅持在巷口看到喪事，但我們手上沒有證據，佳毅也只能笑笑地說他知道了，然後揮手送我們走。

明明看到了，卻沒有證據能證明，這種感覺真的很無力。

從那條巷子開車離開時，立權說了一句：「要是當時我們有拍下來就好了……」

「沒辦法，誰會沒事去拍路邊的喪事啊？」我無奈地說，一般人在經過喪事時都會刻意不去看它，以免沾到晦氣，我剛才就是這樣，頂多只看到棚架跟花圈，沒有去看裡面或上面掛著誰的名字。

離開佳毅家沒多久，一間便利商店出現在路邊，我叫立權先在便利商店停一下，我想買一些零食在路上吃，順便買一杯咖啡給立權提神。

我下車的時候，立權突然問我：「你覺得行車紀錄器有拍到嗎？」

「拍到什麼？」

「巷口的那場喪事啊，」立權看著車窗上的行車紀錄器，說：「從喪事的棚子旁邊開過去的時候，我好像瞄到裡面有人走出來跟我們揮手，說不定行車紀錄器有拍到，這樣就能跟佳毅證明了，他家巷口真的有人在辦喪事……」

「或許吧。」我已經不在意那場喪事了，我現在比較想買一包多力多滋，在車上打開來大吃特吃。

走進便利商店後，我先在貨架上拿了多力多滋再去排隊買咖啡，結果前面有個客人在跟店員吵著要優惠，花了不少時間我才成功拿到咖啡。

沒想到的是，等我拿著多力多滋跟咖啡走出去的時候，立權的車竟然消失不見了。

我目瞪口呆地看著空蕩蕩的停車位，這是什麼情況？難道立權忘記我去買東西，自己先開車回家了嗎？

我伸手往口袋一摸，還好手機有帶在身上，我急忙打電話給立權，他卻一直沒接。

沒關係，說不定他等一下就回來了……這麼想的同時，我打開多力多滋吃了起來，直到整包多力多滋被我吃到見底、咖啡也喝完之後，立權還是沒有回來。

無計可施之下，我只好打電話跟佳毅求救。

佳毅聽到狀況後也覺得很不可思議，因為立權不是會莫名其妙把朋友丟包的人。

「我開車去載你，先回我家再討論該怎麼辦吧。」佳毅在電話中說。

＊＊＊＊＊

佳毅開車載我回他家的時候，我在車上不斷嘗試打電話給立權，但立權都沒有接。

「可惡，立權到底在搞什麼啊！」

這時，佳毅把車轉進了他家的巷口。

我突然在路邊看到某個東西，大叫道：「等一下，停車！」

佳毅被我的叫聲嚇了一跳，他用力踩下剎車，慌張問我：「怎麼啦？」

「那是立權的車！」

我衝下車跑到巷口的路邊，立權的車就停在那裡。

車門沒鎖，立權也不在車上。

我想起立權最後在車上說的話，於是把行車紀錄器拆下來檢查，說不定有拍到立權發生了什麼事，但紀錄器的記憶卡不在裡面，被人拿走了。

突然，一股寒意從我身後襲來。

我緩緩轉過身，發現我身後就是那棟舉辦喪事的房子，大門就在我正前方。

立權為什麼要把車停在這裡？

「佳毅，你知道這房子之前發生過什麼事嗎？」我問。

「不知道，只知道這裡一直是空屋。」佳毅也感受到了那股寒意，聲音變得僵硬起來。

我拿出手機，又打了電話給立權。

「你聽到了嗎？」我問佳毅。

佳毅慘白著一張臉點了點頭。

我們都聽到了立權的手機鈴聲，是從空屋裡傳出來的。

鈴聲持續幾秒後就中斷了，有人接起了電話。

我把手機放到耳朵旁，用連我自己也聽不太到的氣音問了一句：「立權？」

電話那頭傳來的不是立權的聲音，而是許多人的哭聲。

那些人的哭聲聽起來像是要用盡生命中的每分力氣，幾乎要把靈魂從身體中嘔出來般，撕心裂肺地痛哭著。

哭聲越來越尖銳、越來越立體，它從手機話筒穿越來到現實之中，我彷彿置身於一場有數千人參加的喪禮，可怕的哭聲從四面八方包圍著我跟佳毅，聲音的頻率像針刺一樣穿進我們的耳膜。

佳毅一臉痛苦地抱頭蹲在地上，我則是把手機摔在地上，但那些哭聲依然在折磨我們。

我緊閉眼睛，用手掌死死地按住耳朵，就在我感覺大腦跟耳膜要一起爆炸的時候，突然「碰」的一聲，那些哭聲消失了。

……結束了嗎？還是我已經聾了？

我緩緩睜開雙眼，雙手也從耳朵上鬆開來。

晚風從我耳邊拂過，我能聽到風聲，也能聽到隔壁巷子傳來的喇叭聲，我沒有聾。

「沒事了、沒事了！」我把蹲在地上的佳毅扶起來。

佳毅從地上抬起頭來，他臉上仍維持著驚恐的表情，指著空屋的門口說：「那……那是立權嗎？」

我朝空屋門口看去，這時，我終於知道剛才那聲「碰」是什麼聲音了。

立權一動不動地躺在空屋前方，一灘像是豆花加了草莓果醬後的詭異物體出現在他的腦袋旁邊。

我再次閉上眼睛，因為我知道那不是草莓果醬豆花，而是混雜著鮮血的乳白色腦漿。

＊＊＊＊＊

立權的死因是從空屋的頂樓墜落，頭部遭受撞擊而死，沒人知道他為何自殺。

警方發現的唯一一個線索，是在立權嘴裡找到的行車紀錄器記憶卡。

不過記憶卡已經被立權咬得粉碎，連警方也無法復原，沒人知道裡面拍到了什麼。

我想起立權最後跟我說的話：「從喪事的棚子旁邊開過去的時候，我好像瞄到裡面有人走出來跟我們揮手，說不定行車紀錄器有拍到……」

為了證明那場喪禮的存在，立權趁我去便利商店的時候看了行車紀錄器拍到的內容，他這樣做卻害死了自己。

被立權咬碎的記憶卡，裡面到底拍到了什麼？我不想知道，也不敢知道。

我只知道，路邊的喪事不要亂看，更不要亂拍，有些畫面如果不小心拍到了，那絕對不能去看……

釣鬼

「徵求接案伙伴，男性為佳，需役畢，以件計酬，每件案子可拿萬元以上，要求條件：身體強壯，膽識大，不怕鬼。」

文彬仔細閱讀著求職網站上的徵人訊息，這間公司並沒有明確寫出工作內容是什麼，連公司也分類在最籠統的服務業，簡陋的資訊、加上每件案子有萬元以上的誘人報酬，怎麼看都很像詐騙。

不過最後幾句話吸引了文彬的注意，要求條件是膽識大跟不怕鬼？如果是詐騙集團的話，應該不會在徵人廣告裡這樣寫吧？

詐騙集團都會把徵人廣告寫得美輪美奐，藉此吸引不知情的人上鉤，加入「不怕鬼」這種莫名其妙的要求，反而會讓求職者覺得這個工作有問題，使人敬而遠之。

「不能怕鬼是嗎？好呀，鬼是有什麼好怕的？」

文彬操縱滑鼠，點擊了網頁上「我要投履歷」的按鈕，他現在急需用錢，不管這個工作會遇到什麼鬼，絕對都沒有比窮鬼可怕。

「邱文彬，二十五歲，高中畢業，海軍陸戰隊志願役退伍，吃苦耐勞……」文彬檢查著自己的履歷表，履歷表上的資歷只有草草數行，志願役退伍的他沒有做過其他工作，除了學校，軍隊就是他待過最久的地方。

確認完畢，送出履歷表後，文彬的電話很快就響了，看了一下來電號碼，正是那間公司打來的。

不會吧，這麼快就打電話過來了？文彬有些驚訝，但他很快冷靜下來接起電話。

「你是剛剛投履歷的邱文彬嗎？」電話那頭傳來一個無精打采的中年男子聲音。

「對，就是我。」

「我看過你的履歷了，學經歷那些都不重要，我問你一個問題就好，你怕鬼嗎？」

文彬嚥下一口唾液，堅定地說：「我不怕。」

「那就好。」男子說：「你最快什麼時候可以上班？」

「隨時都可以！」文彬興奮地答道，不過他很快想起來，他還不知道這份工作要做什麼啊。

「老闆不好意思，請問一下，這份工作具體的內容是什麼呢？」文彬問。

「叫我劉叔就好，今天晚上剛好有個案子，我把地址傳給你，你直接過來，到時我會跟你講要做什麼。」

掛掉電話時，文彬有一種要被派去執行祕密任務的感覺，工作內容？不知道，休假福利？不知道，公司規模？網路上也查不到。

跟這工作有關的一切似乎都是機密，一般人絕不會應徵這樣的工作，太可疑了。

不過文彬還是決定賭一把，因為劉叔掛掉電話前說了一句：「配合度高的話，你在部隊那麼多年的退伍金，在我這裡一個月就賺回來了。」

退伍金這三個字，聽在文彬耳裡是又痛又恨，在海軍陸戰隊長時間服役不是輕鬆的事情，文彬在部隊裡吃了許多苦，退伍的那一刻，他就決定要用另一種方式賺錢。

在退伍學長的推薦下，文彬加入一個投資群組，並用退伍金跟大家一起投入各種新創的投資計劃，每個月穩定的收益讓文彬覺得自己也過上了有錢人的生活。

直到某一天，群組無預警被關閉，管理資金的帳戶瞬間變成零，文彬才發現這是一場騙局。

被騙的不只文彬一個，差別在於，其他人被騙的是用來投資的閒錢，文彬被騙的卻是在部隊花費好幾年青春換來的退伍金，失去這筆錢，他就什麼都沒有了。

不管做什麼都好，只要能快速賺到錢，他什麼都敢做。

*****

劉叔給文彬的地址是市區的一棟舊公寓，午夜十二點在一樓門口集合。

為什麼那麼晚才開始工作？該不會真的是見不得人的工作吧？文彬有點擔心，但他還是硬著頭皮去了。

到了舊公寓一看，只見門口站著一個削瘦的人影，想必就是劉叔了。

劉叔看起來年約五十多歲，他身穿寬鬆的中山裝襯衫跟西裝褲，手裡拿著一個大手提包，無精打采的臉上長著一雙瞇瞇眼，給人一種神祕兮兮、難以親近的感覺。

「劉叔你好，我是今天來上班的文彬。」文彬走到劉叔面前，主動介紹自己。

劉叔沒有講太多話，只說了一句「跟我來」便轉身進入公寓，陰暗的舊公寓跟劉叔怪里怪氣的行徑都讓文彬覺得背後有鬼，但他還是乖乖跟在劉叔身後，走進了公寓。

公寓有五層樓高，沒有電梯，劉叔帶著文彬一步步踏上狹窄的樓梯，整棟公寓從上到下只聽得到他們兩人的腳步聲，文彬受不了這樣的沉默，便主動問道：「劉叔，我負責的是怎樣的工作啊？」

「你釣過魚嗎？」劉叔反問。

為什麼要把話題扯到釣魚去？文彬心裡疑惑，不過還是照實回答：「沒有，我不太喜歡戶外活動。」

「沒釣過魚，至少也知道釣魚是什麼吧？」劉叔說：「我們的工作跟釣魚差不多，只不過我們釣的是鬼。」

釣鬼？文彬還在解讀這兩個字的定義，前方的劉叔突然停下腳步，說：「我們到了。」

文彬發現他們已經來到頂樓，走出樓梯口後，眼前是寬廣的頂樓空間，頂樓中間放著一個供住戶曬棉被的大衣架，四邊蓋有防止墜樓的女兒牆，除此之外，頂樓上沒有其他東西了。

劉叔走到女兒牆邊探頭看著樓下的樓層，突然說了一句：「上禮拜，有人在這裡的三樓房間燒炭自殺。」

文彬不是膽小鬼，但冰冷的晚風跟有人燒炭自殺的不祥訊息還是讓他全身毛了一下。

「你不是想知道工作內容嗎？我現在就跟你解釋清楚。」

劉叔把手提包打開來放在地上，他一邊伸手在袋子裡拿東西，一邊說著：「自殺或他殺死掉的人，他們會化成冤氣重的怨靈，賴在房子裡不走，連帶影響房子的氣場、發生不好的事情，也會讓房價跟著下滑，我們的工作就是幫屋主消滅這些徘徊的怨靈。」

頂樓上的氣氛、再加上劉叔全身散發出來的神祕氣息，都讓劉叔口中講出來的話顯得特別真實。

文彬下意識反問：「要怎麼抓？」

「跟釣魚一樣，用魚餌。」

劉叔從手提包裡拿出一綑麻繩，文彬忍不住又打了個冷顫，因為麻繩的一端竟然打了個圓形的繩結，跟上吊自殺用的繩圈一模一樣。

詭異的發展還沒結束，劉叔接著又從手提包裡拿出一個玩具熊造型的絨毛娃娃，文彬一看就知道那個娃娃不單純，因為娃娃頭上竟然貼著一張符紙。

劉叔接著把娃娃的脖子套進繩圈，然後甩動繩子、把被套住脖子的娃娃從女兒牆外扔下去，「吊死」了那隻玩具熊，整個流程看似沒有邏輯，但劉叔每個步驟都很謹慎，就像在進行一個重要的儀式，容不下半點差錯。

「你過來我旁邊看。」

劉叔對文彬發出指示，於是文彬也站到女兒牆旁邊往下看，只見劉叔控制著繩子的長度，讓被吊死的娃娃懸掛在三樓的高度。

「燒炭自殺的房間在三樓，所以魚餌也要放在三樓，接下來就是等鬼上鉤了。」

劉叔知道文彬聽不懂，因此繼續解釋：「那個毛絨娃娃就是魚餌，看到它頭上貼的符了嗎？那能讓沒有生命的娃娃看起來像一個活人，怨靈看到娃娃就是看到一個替死鬼，是絕佳的抓交替時機，他們會不顧一切來抓娃娃，符紙這時會把怨靈吸進娃娃裡封印起來，鬼上鉤了，我們再把繩子收上來就好。」

文彬一時接收到大量訊息，頓時覺得有點頭暈腦脹，不過劉叔說的他都還聽得懂，只有一件事他還不知道答案：「那我要負責什麼？」

「你負責幫我把鬼拉上來，跟釣魚一樣，怨靈發現上當時也會抵抗，靈體怨氣越深，娃娃就越重，我年紀大，力氣不行了，所以才要徵助手來幫忙。」

「所以我只要出力就好囉？」文彬鬆了一口氣，海軍陸戰隊退役的他什麼沒有，力氣最多。

「還有一件事，鬼不知道什麼時候會上鉤，快的話幾分鐘，慢的話要等上好幾個小時，我們兩個輪流休息，只要發現繩子在動，就把另一個人叫醒。」

劉叔把繩子的另一端固定住，說：「只要成功幫我把鬼釣上來，該給你的錢絕不會少，之後的案子也少不了你的，你的退伍金一下就賺回來了。」

文彬目前無法驗證劉叔說的是真是假，反正人都來了，就待一個晚上看看吧。

*****

文彬跟劉叔輪流休息跟盯哨，時間就這樣到了半夜三點。

負責看繩子的是文彬，劉叔則靠坐在女兒牆旁邊打瞌睡。

文彬像是回到以前在海軍陸戰隊站哨的時候，雙眼聚精會神地盯著繩子，一有風吹草動，文彬就會站起來查看娃娃的狀況，不過懸掛在三樓的娃娃只有輕輕晃動，應該只是風吹造成的結果，鬼還沒上鉤。

對於這份工作，文彬仍懷疑這是不是一場騙局，做這種事真的有錢拿嗎？文彬看著打瞌睡的劉叔，他想起劉叔的那些話，怨靈跟替死鬼什麼什麼的，現在聽起來還是很不真實，劉叔要嘛是精神病患，要不然就是他真的在做一門獨特的賺錢生意，既然都踏上這條船了，文彬真心希望是第二種可能。

嘶！嘰！嘰！掛在女兒牆上的繩子突然發出摩擦拉扯的聲音，文彬跑到女兒牆邊一看，只見繩子吊著的娃娃在空中左右搖擺劇烈晃動，看上去就像真的吊著一個人，而那個人正在繩圈裡拚死掙扎。

「劉叔！鬼上鉤了！」

文彬大聲喊叫，劉叔瞬間睜開眼睛從地上跳起來，他看了一眼娃娃的情況，便跟文彬下令道：「快拉繩子，拉上來！」

文彬抓住繩子開始把娃娃拉上頂樓，他原本以為這是一件輕鬆的工作，畢竟只是個絨毛娃娃，會有多重？

開始把繩子往上拉後，文彬才發現自己大錯特錯，繩子另一端的重量少說也有七十公斤，連文彬也覺得很吃力，他想起劉叔說過「靈體怨氣越深，娃娃就越重」，看來這真不是開玩笑的。

劉叔似乎覺得文彬的速度太慢了，催促道：「多出一點力，快一點！」

「我已經在用力了！」文彬的雙臂暴露出可怕的青筋，娃娃的重量加上怨靈掙扎的力道，文彬感覺自己正在徒手把一隻大白鯊拖上漁船。

「繩子抓好，不要讓繩子斷了！」

文彬已經覺得很累了，劉叔這時又講出更驚人的話語：「繩子斷掉的話，我們兩個都活不了！」

「蛤？」文彬大驚失色，這種事應該要先說才對啊！

「為什麼斷掉的話我們也會有事啊？」

「你自己想像一下，釣魚的時候魚線突然斷掉會怎樣？」

文彬沒釣過魚，不過還是在腦中想像那幅畫面：「斷掉的話……釣桿會因為反作用力彈回來……」

「那就對了，繩子一斷，怨靈失去束縛、怨氣反撲到我們身上，我們就真的變成替死鬼了！」劉叔繼續出一張嘴指揮文彬：「繼續往上拉，千萬不要讓繩子斷掉！」

文彬想像自己正在參加拔河比賽，雙手交替出力、一節一節地把繩子往上拉，越靠近頂樓，娃娃的抵抗力氣也逐漸變小，文彬想起那些被釣上岸的魚，牠們最後也是這樣氣力放盡，絕望地被人類拉上來的吧。

終於把娃娃拉到頂樓後，劉叔拿出一個黑色袋子迅速把娃娃裝進去，劉叔不知道在袋子上動了什麼手腳，本來還用最後的力氣在反抗的娃娃，被裝進袋子裡後就動也不動了。

這次的工作大功告成，劉叔也不囉嗦，在頂樓就把酬勞發給文彬。

「根據我們之前談的條件，你可以分到總費用的一成，拿去吧。」

劉叔把一疊鈔票交給文彬，文彬算了一下，竟然有五萬元，也就是說這件案子值五十萬？

「屋主為了驅趕怨靈，願意花這麼多錢？」文彬難以想像。

「那些整天收租金的都很有錢，五十萬對他們來說只是小數目。」劉叔說：「跟其他神棍相比，我的服務是貨真價實的，最近還有一個案子，我會再聯絡你。」

下樓離開公寓的時候，文彬看著劉叔肩膀上背著的黑色袋子，忍不住問：「劉叔，袋子裡的怨靈最後會怎麼樣？」

「我會找地方燒掉，最後就是灰飛煙滅、永世不得超生。」

劉叔冷酷的態度讓文彬覺得不太舒服，雖說是怨靈，但他們也是逼不得已才死掉的，就這樣把他們消滅掉未免太殘酷了。

不過渺小的罪惡感很快就被文彬拋在腦後，畢竟鈔票就在口袋裡，只要出力就有錢拿，對鬼的道德又算什麼呢？

*****

接下來的每一天，文彬都在期待劉叔的電話。

一方面來說，文彬希望能賺到更多錢，另一方面，則是因為上次的酬勞已經被他花光了。

省吃儉用的話，五萬元至少可以應付幾個月的日常生活，但文彬一打開手機看到投資獲利的廣告，整個人就像著了魔一樣把五萬元全部當成資金投入進去，被動收入、獲利翻倍……文彬的大腦被這些名詞塞得滿滿的，他忘了上次的教訓，只想一步登天賺大錢。

似曾相識的場景再度上演，投資的網站突然關閉、負責的專員人間蒸發，五萬元也跟著化為流水。

在文彬絕望的時候，劉叔終於打電話來了。

這次集合的地點是市區的一座天橋，時間一樣是午夜十二點。

文彬抵達的時候，劉叔已經站在天橋上了，白天時車水馬龍的路面現在一台車也沒有，站在天橋上俯視路面，就像在看一條靜謐黑暗的河流，沒人知道河面下藏著什麼。

「上個禮拜，有人在這座天橋上吊自殺，」劉叔開始解釋這次的任務：「附近的居民這幾天走過天橋時都會遇到怪事，有人聽到上吊掙扎的痛苦呼吸聲、有人聽到可怕的哭聲，都不是什麼嚴重的事情，不過消息已經在居民間傳開了，這一帶的幾個地主擔心這些事情會影響到房價跟租金，所以集體委託我來把自殺的怨靈收走。」

「這次我能拿多少？」文彬對背後的故事沒興趣，他只在乎自己的酬勞。

「那些地主都是有錢人，加上是集體委託，我開價到一百萬，他們眼皮都沒眨一下就同意了。」

「一百萬……所以我能拿到十萬。」文彬下定決心，這次拿到錢不能再盲目投資，而是要好好存下來。

比起上次在頂樓的不安跟擔心，文彬已經迫不及待要開始工作了。

劉叔從手提包裡拿出另一種造型的絨毛熊娃娃，然後跟上次一樣，把繩子的一端綁在天橋欄杆上，有繩圈的那一端套在娃娃脖子上，接著把娃娃丟到天橋下面，讓娃娃

「吊死」在天橋上。

接下來就是等待了，劉叔走到旁邊去抽菸，交待文彬好好看著繩子。

沒想到這次的鬼很快就上鉤了，劉叔一根菸還沒抽完，娃娃就開始像鐘擺一樣左右搖晃，呈現不自然的擺動軌跡。

「劉叔，上鉤了！」文彬大叫。

劉叔把菸丟到地上踩熄，說：「還等什麼？快拉上來！」

文彬雙手抓住繩子拉了一下，繩子卻文風不動。

「咦？」文彬又拉了一下，繩子還是不動。

「你在幹嘛？快拉啊！」劉叔催促道。

「劉叔，狀況不對……」文彬雙手繼續用力拉，咬牙說道：「這次的重量……真的太重了……」

上次的怨靈大概有七十公斤，文彬使盡全力還是拉得上來，但這一次吊在繩圈裡的重量恐怕有一百多公斤，就算文彬雙手的肌肉都被逼到極限，娃娃還是沒有往上移動的跡象。

「怎麼可能？」劉叔也加入拉繩子的行列，但兩人的力量仍無法把娃娃拉上來。

體力不好的劉叔很快就汗流浹背，喘著氣說：「完了！如果拖太久沒把怨靈拉上來的話，一切就全完了！」

「拖太久的話會怎麼樣？」

文彬才剛問完，手上的繩子突然往下一沉，掛在天橋下的娃娃停止了擺動，繩子上傳來的重量變得更重了，本來是一百多公斤，現在卻變得像有四五百公斤那樣沉重。

「開始了……」劉叔鐵青著臉，說：「現在不只自殺的怨靈，曾在這裡遭遇車禍而死的冤魂，他們聞到魚餌的味道，全聚集過來了。」

文彬朝橋下看去，原本看不見鬼魂的他，現在也看得到了。

許多被車子輾過、身體殘缺的鬼魂聚集在橋下，他們的身體彼此堆疊在一起，沿著繩子開始往上攀爬，這麼多怨氣集中在繩子上面，難怪繩子會在一瞬間變那麼重。

「劉叔，我們把繩子割斷吧！」文彬說。

「你忘記我上次說什麼了嗎？下面那麼多鬼，繩子斷掉的話他們的怨氣會一口氣反撲上來，到時我們也會一起陪葬！」

「那我們現在該怎麼辦？」文彬再低頭往下看，車禍的怨靈群已經快爬到天橋上了。

突然，劉叔的聲音變得冰冷：「很簡單，找個真正的替死鬼給他們就好了。」

文彬回過頭，卻看到一個漆黑的物體朝他眼前揮擊而來。

那物體直接打在文彬的臉上，文彬眼前一黑，頭部受到的撞擊讓他失去方向感跟思考能力，他整個人往後一仰，以後空翻的姿勢從天橋欄杆上翻了過去。

危急時刻，文彬的右手下意識地抓住天橋欄杆，這才沒有完全摔下去，不過他現在整個身體懸吊在空中，只靠右手抓著欄杆來支撐，隨時都會掉下去。

文彬的腦袋轟轟作響，好不容易恢復視線，眼前看到的畫面卻讓他無法理解。

劉叔站在天橋上，臉上不帶任何表情地盯著文彬，文彬注意到劉叔手上的物體，那是一根伸縮的彈簧棍。

剛才是劉叔用棍子攻擊了自己嗎？為什麼？

「劉叔……為什麼……」文彬感覺到有血從他的額頭流下來。

「抱歉啦，年輕人，上次跟你合作得很愉快。」劉叔蹲下來，用棍子前端輕戳著文彬的額頭，說：「你以為我真的需要助手？當然是為了預防這種情況，要有個替死鬼可以用啊！」

總是保持神祕、不輕易顯露情緒的劉叔終於露出真面目，奸詐的惡意從他的瞇瞇眼中放大延伸，讓文彬感覺到一股惡寒，眼前的這個人，其實比鬼還要可怕。

「你們這些來應徵的年輕人總是沒用大腦，要是這行真的那麼好賺，之前的助手怎麼都沒留下來呢？」

文彬確實沒想過這個問題，不過他現在知道答案了，助手對劉叔來說只是消耗品，在遇到這種情況時，助手就是他的替死鬼，劉叔的前一個助手想必也是這樣被犧牲的。

眼看攀附在繩子上的怨靈越爬越高，劉叔也不想浪費時間，舉起棍子就要把文彬的手從欄杆上打掉。

「劉叔……」文彬從喉嚨吐出最後的掙扎。

「放心吧，你的酬勞我一樣會給你，只是改成用燒的。」劉叔戲謔地笑著。

「你說過……繩子斷掉的話，我們都活不了，對不對？」

文彬左手從口袋裡拿出一個東西，喀擦一聲，是個點燃的打火機。

劉叔收起狂妄的笑臉，他很快就知道文彬想做什麼。

「給我下去！」劉叔揮動棍子，打在文彬緊握在欄杆的手指上。

文彬忍受著右手的劇烈疼痛，他可以聽到手指骨頭被打碎的聲音，但他仍緊捉著欄杆，同時用左手把打火機的火焰放到繩子上點燃。

「放手！快放手！」劉叔繼續用棍子攻擊文彬的手，甚至用腳大力去踹，文彬的手指早已失去力氣，是求生的意志讓他堅持住不鬆手。

打火機的火苗很快在麻繩上燃燒起來，火焰的助燃、加上繩索乘載的怨靈重量，啪的一聲，燃燒部位的麻繩斷開來，整條繩子瞬間斷成兩截。

吊著娃娃跟無數車禍怨靈的繩子就像一顆巨石般落在靜謐的道路河面上，濺起壯觀的水花。

水花向上噴濺，每個水花的形狀都不一樣，因為那並不是真正的水，而是一個又一個的怨靈，他們的目標是天橋上的劉叔。

如果給魚報仇的機會，魚一定會讓釣魚的人嚐到千百倍的痛苦，這就是怨靈即將對劉叔做的事。

由怨靈形成的水花在空中匯聚成一道水柱，以驚人的氣勢倒灌在天橋上。

緊接著是劉叔的一聲慘叫，事情發生得太快，文彬只看到劉叔的身影從天橋另一邊摔落下去，而沒有看到他是怎麼摔下去的。

摔到路面上的劉叔頭部著地，頸部被折斷成跟身體呈直角的九十度，他的瞇瞇眼眨了最後一下，之後就沒了動靜。

文彬用沒受傷的左手抓住欄杆，支撐著身體爬回天橋。

天橋上，那些怨靈已經消失了，他們沒有傷害文彬，或許他們也知道文彬只是被利用的替死鬼，真正的釣客是劉叔。

以釣鬼為生的劉叔，最後卻死於怨靈的反噬，對他來說也是命中註定的結局吧。

文彬坐在天橋上喘息，比起右手的疼痛跟差點死亡的恐懼，他更煩惱的是未來。

好不容易找到一個能快速賺到錢的工作，沒想到又是一場騙局，之前投資頂多是錢被騙光，這次差點連命都沒了。

「賺大錢」就是一個包裝過的魚餌，等著釣像文彬這種好騙的人。

或許該找個普通的工作了。

文彬大口呼吸著天橋上的空氣，這是他退伍後第一次認真思考這個問題。

死線

每次在佈置店門口的新書暢銷排行榜時，嘉玲都有一種脫離現實的感覺。

榜上陳列的新書都是跟心靈成長或商業學習有關的書籍，看得出來民眾很愛買這類的書，書名也一本比一本還要勵志，彷彿只要讀過這些書，人生就真的能改變似的。

看著這些冠冕堂皇的書名，嘉玲在心裡嘆了口氣，如果讀書真的能改變一個人，世界上怎麼還會有這麼多壞人呢？

嘉玲兩個月前才從社工的工作離職，接著就來到這間書局工作。

說到社工這個偉大的職業，嘉玲一開始也是抱著熱誠加入的，但她的滿腔熱血很快就被消耗殆盡，服務個案的過程中，她見識到無窮無盡的人心險惡，加上對大環境的失望，種種因素都讓嘉玲受了傷，她不得已選擇離職，並來到單純的書局上班，算是讓自己喘氣休息一下。

嘉玲把暢銷榜佈置完後，一名年輕店員從休息室的方向走過來，說：「嘉玲姐，妳先去吃午餐吧，外面交給我們。」

「好，那我去休息囉！」嘉玲說。

嘉玲在這裡是最資淺的新人，不過年輕的同事還是習慣叫她一聲姐。

書局的其他員工都是二十多歲的年輕人，跟三十歲的嘉玲只差了短短幾年，不過這幾年對嘉玲來說可是天跟地的差距，只要到了三十歲，就會自然而然地被加上「姐」的稱號，三十歲不只是年齡的變化，只要跨過那道門檻，連心態也會有飛躍性的成長，在嘉玲眼中，那些跟自己差沒幾歲的年輕人現在看起來全都跟小孩子一樣。

嘉玲走進休息室，發現另一名店員姵縺也在裡面吃午餐。

「嘉玲姐。」姵縺用手遮住咀嚼便當的嘴巴，低頭跟嘉玲打了招呼。

姵縺今年二十七歲，在書局上班好幾年了，是個很有氣質的女生，嘉玲工作上遇到問題都會問她，兩人在書局算是學姐學妹的關係。

書局的午餐通常都是大家一起叫外送便當，要自己準備也是可以，不過嘉玲入境隨俗，每次都跟大家一起叫便當。

今天的便當是附近的燒臘飯，這本來是嘉玲的最愛，不過書局的空調今天出了狀況正在檢修，室內的溫度比平常還高，悶熱的環境讓嘉玲胃口大減，簡單吃了幾口就吃不下了。

闔上便當蓋的時候，嘉玲注意到姵縺雙手戴著長袖的袖套，在她的記憶裡，姵縺好像一直戴著袖套，平時就算了，今天書局那麼熱，她怎麼不把袖套拿下來呢？

社工的經驗讓嘉玲有了警覺，她試探性地問：「姵縺，今天這麼熱，妳怎麼還戴著袖套？」

「沒什麼，就是習慣戴著……」姵縺嘴巴上這麼說，但她卻做出想把手藏到背後的動作，代表袖套下一定有什麼祕密。

「我可以看一下嗎？」嘉玲將手伸向姵縺的袖套。

「這……」姵縺沒有同意，但也沒有抗拒，或許她還沒想到拒絕的理由。

「我看一下就好，沒事的。」

嘉玲輕輕把姵縺的袖套往上捲，果然看到了預料中的畫面，袖套底下藏著怵目驚心的傷痕跟瘀青，顯然是家暴留下的痕跡。

像是怕被更多人發現似的，姵縺很快把袖套重新捲起來，不過嘉玲可不能對這件事視而不見。

「是誰打妳？男朋友？」

姵縺猶豫了一下，小聲說道：「是我老公。」

「他為什麼打妳？」家暴原因分成很多種，嘉玲想先搞清楚原因。

「不是他的錯，是我自己事情沒做好，他才打我的。」姵縺開始幫先生辯解，這在家暴案例中也是常見的現象。

嘉玲用溫柔的語氣勸說道：「姵縺，我當過社工，有方法能幫妳，但妳必須先跟我解釋清楚，可以嗎？」

很多人把家暴的事情忍耐在心裡不說，其實不是他們不想說，而是他們在等人主動發現，要有人幫助他們，他們才能把這股情緒宣洩出來。

現在休息室裡只有嘉玲跟姵緁兩個人，在嘉玲的陪伴跟溫柔勸導下，姵緁終於願意開口說出丈夫的所作所為。

「我們結婚四年了，我先生一開始對我是很溫柔的，但後來他有了嚴重的強迫症……」

強迫症有分好幾種，有在服裝跟髮型上都要求對稱的強迫症、有不管什麼東西都一定要買兩個的成雙成對強迫症、也有出門前會把門反覆上鎖數十次的安全感強迫症。

姵緁的丈夫，勝翔罹患的則是少見的時間強迫症，什麼時間該做什麼事，他都會強迫自己一定要準時做到，差一分鐘都不行。

姵緁從手機點出一份備忘錄文件，看到備忘錄的內容後，嘉玲驚訝到嘴巴合不起來。

「07:00起床，醒腦時間兩分鐘，07:02折棉被，三分鐘內折好，07:05上廁所，大小便十分鐘，07:15刮鬍子跟刷牙，不能超過十五分鐘，07:30換衣服，上衣跟褲子各兩分鐘，07:35吃早餐，只能煮方便吃的食物，用餐時間不能超過二十分鐘，08:00出家門，十分鐘內一定要坐電梯到停車場，08:10開車上班。20:10下班到家，20:20前換好衣服，20:30吃晚餐，21:00準時開電視播政論節目，不能錯過片頭，22:30節目結束，22:35洗澡，23:00換好睡衣，23:10上床，十分鐘內要睡著，23:20睡覺。」

備忘錄上對時間的註記不只是詳細而已，而是瑣碎到讓人覺得厭煩生氣的地步，這樣的生活作息不是自律，而是喪心病狂了。

「這就是勝翔的生活作息，只要他的生活跟表上差了一分一秒，他的人格就會崩塌，然後就會……」姵縺害怕地說著。

「他就會打妳嗎？」

姵縺輕輕點了一下頭，說：「早上要是我在廁所裡待太久拖到他的時間，他就會把我從廁所拖出來打，早餐跟晚餐準備得太晚也會這樣，他會一邊打我，一邊要我把他失去的時間吐出來……」

嘉玲舉起手來示意姵縺不要再說了，她不忍心再聽下去了。

「他這樣做太過分了，聽著，我有朋友在社會局，我可以通報給他們，幫妳申請保護令。」

「不行！」一聽到要申請保護令，姵緁整個人就變得坐立難安：「勝翔平常不會打我的！我工作的薪水只有一點點，他的工作又需要嚴格的自律，他是因為工作壓力、為了我才變成這樣的，請妳不要通報社會局！」

「但妳手上的那些傷痕……不阻止他的話，未來他的暴力行為只會更嚴重而已！」

「我只要遵守備忘錄上的每個時間就好了，這樣的話，他就還是我愛的那個人！」姵緁緊握住嘉玲的手，哀求著說：「拜託妳了，嘉玲姐，他是為了我才生病的，這件事請妳不要告訴其他人！」

姵緁如此懇求，嘉玲只能先答應她，不過有個條件，當勝翔的暴力行為變得更嚴重、甚至威脅到姵緁的生命時，嘉玲就不會再保持沉默了。

姵緁同意了嘉玲的條件，就在她要把手機收起來時，嘉玲注意到備忘錄上有一大段空白，勝翔08:10開車上班、到20:10這段時間都是沒有註明的。

嘉玲指著那一大段空白，問：「他上班的時候呢？沒有另一份工作用的備忘錄嗎？」

「我相信勝翔在工作上一定有更嚴格的一份備忘錄，只是他沒讓我知道，畢竟我在那份備忘錄上幫不上忙，我只要幫他準時做到家裡的一切，這樣就夠了。」

姵縺的語氣聽起來就像在找理由幫丈夫解釋，這時她的休息時間已經到了，姵縺站起來跟嘉玲再一次道謝，便走出休息室回去工作了。

休息室的門關上後，嘉玲腦中仍想著那份時間備忘錄。

嘉玲以前當社工時，不管什麼文件都有一個送件期限，書局裡的這些作家在寫作時一定也被截稿日追著跑，這樣的最後期限被統稱為死線，是每個人都不想遇到的存在。

就姵縺現在的生活來說，每分每秒都是她的死線，一旦碰到那條線就要遭受暴力的處罰，這樣的生活跟地獄有什麼差別？

嘉玲嘆了口氣，除非姵縺自己領悟這個道理，不然她根本幫不上忙。

＊＊＊＊＊

之後每天上班時，嘉玲都會特別注意姵婕的情況，只要姵婕臉上出現傷口或手腳有嚴重的傷勢，她就會直接聯絡社會局的朋友，讓姵婕早點離開那個地獄。

嘉玲的經驗告訴她，那一天遲早會來臨。

只不過，另一件意外卻提早發生了。

那一天，嘉玲跟姵婕負責早上的開店作業，姵婕卻沒有準時出現。

嘉玲以為姵婕又被勝翔打了，而且這次的傷勢嚴重到她沒辦法上班，就在嘉玲擔心到要打電話報警的時候，店長先打電話來了。

「姵婕的先生昨天晚上去世了，要請一陣子的喪假，今天早上的開店要麻煩妳了。」店長在電話中說：「接下來幾天也需要妳幫她代班，可以嗎？」

聽到這個消息，嘉玲嚇了一跳，她先答應了店長的要求，然後馬上打電話給姵婕。

「嘉玲姐？」姵婕像是早就在等嘉玲打來，很快就把電話接起來了。

「我收到店長的通知了，妳沒事吧？」

「我沒事，只是勝翔他，昨晚……」

姵緁說，勝翔為了遵守自己的時間表，昨天下班的時候趕時間回家，車速過快一頭撞上安全島，當場死亡。

聽到這樣的結果，嘉玲一時間不知道該說什麼，沒想到害死勝翔的，竟然就是他自己的時間備忘錄。

「嘉玲姐，妳別擔心，我沒事的，我先回南部幫勝翔的家人一起處理喪事，一段時間就回去上班了。」姵緁在電話中說，她冷靜的語氣讓嘉玲安心不少。

「好吧，這幾天我會幫妳代班，妳回來的時候記得告訴我，我再去找妳。」嘉玲說，她知道姵緁現在最需要的就是朋友的陪伴跟傾聽。

面對勝翔的家人，姵緁一定有很多想說卻不能說的話，而嘉玲就是她最好的傾訴對象。

*****

姵縺從南部回來當晚，嘉玲就去姵縺家找她了。

姵縺住在市中心的一棟高級公寓，這裡的房價並不便宜，嘉玲猜買房子的錢主要都是勝翔出的，房貸壓在肩膀上，也難怪他的工作壓力這麼大。

一走進姵縺家，嘉玲第一個注意到的地方就是時鐘，這裡的每個空間都掛著時鐘，玄關、客廳、廚房，甚至廁所浴室都有時鐘。

「這些時鐘都是勝翔叫我掛的，」姵縺端出茶點招待嘉玲，一邊說：「他必須隨時知道現在的時間，這樣才知道自己有沒有準時。」

看著無所不在的時鐘，嘉玲莫名感到一股時間的壓力，勝翔都去世了，姵縺為何不把這些時鐘拿下來呢？難道她還無法接受勝翔的離世嗎？

嘉玲決定不要多問，她坐下來跟姵縺一起享用茶點，並分享店裡這幾天發生的事情，說大家都很想念姵縺，希望這樣能讓姵縺的心情好一點，但姵縺聊天時顯然心不在焉，她的眼神一直瞄向時鐘，好像有什麼事等著要做似的。

就在時間快到九點時，姵縺跟嘉玲說了一句「不好意思」，然後打開電視遙控器，剛好趕上政論節目片頭的播出。

嘉玲覺得有點不對勁，她記得勝翔的時間備忘錄上有一條就是「21:00準時開電視播政論節目，不能錯過片頭」，難道姵縺也是忠實觀眾？

「妳也喜歡看這個節目？」嘉玲問。

姵縺把遙控器放回桌上，說：「我不喜歡政治，是放給勝翔看的。」

這句話讓嘉玲心裡毛了一下。

「他已經不在了，妳為什麼不看自己喜歡的節目呢？」

「不對，嘉玲姐，他還在。」姵縺轉頭看向嘉玲。

嘉玲發現，姵縺眼神中蘊含的並不是對丈夫的思念，而是恐懼。

「勝翔一直都在家裡，每個時間點一到，我還是能聽到他做每件事情的聲音，起床、折棉被、上廁所、吃早餐，我能感覺到他的存在，我一樣要幫他在時間內準備好各種東西，不能讓他來不及……」

聽到姵緁自言自語般的低喃，嘉玲這才發現自己搞錯了，姵緁之所以沒把家裡的時鐘拿下來，並不是因為思念丈夫，而是因為她害怕，勝翔的暴力行為已經在她身上留下嚴重的後遺症。對姵緁來說，丈夫設下的死線還沒有消失，她仍要遵守備忘錄上的時間，不然就會受到懲罰。

「姵緁，勝翔不會再傷害妳了，妳可以把那份備忘錄忘掉，繼續過妳自己的人生。」嘉玲決定幫姵緁把這些死線一一剪掉。

「嘉玲姐，妳不懂，勝翔就在這裡看著電視！我知道妳感覺不到，但我是他妻子，我知道他在這裡！」

這樣繼續爭論下去也不會有結果，嘉玲乾脆拿起遙控器，按下電源鍵直接把電視關掉。

「嘉玲姐，妳……」姵緁張著嘴巴，不敢相信嘉玲竟然敢這麼做。

「好了，我把電視關掉了，妳看，什麼事都沒有。」嘉玲說：「我知道這樣很殘酷，但妳必須認清事實，那個男人已經不會再……」
嘉玲話才說到一半，她的聲音就被姵婕突然炸開的尖叫聲蓋了過去。
「不要！不要！對不起！」姵婕整個人縮到沙發角落，舉起雙手發出慘叫，像是正在抵擋什麼。
嘉玲本來以為這只是姵婕因為害怕而做出的本能防禦反應，但仔細一看，姵婕手臂上的傷痕竟然在增加。
指甲抓過的血痕、拳頭揍過的紅腫印記，一道又一道的新鮮傷口全都血淋淋地刻在姵婕的手臂上。
「嘉玲姐，求求妳把電視打開！」姵婕哭著對嘉玲大叫。
嘉玲腦袋一片空白，不過她還是按下了遙控器，讓政論節目恢復播放。
節目主持人的聲音一從電視裡傳來，降臨在姵婕身上的可怕攻擊也停下來了，但留在她手臂上的傷痕沒有消失，從傷口中流出的鮮血是真的，瘀青跟紅腫也是真的。
姵婕舉起顫抖的雙臂，將血淋淋的傷口展示給嘉玲看。

「嘉玲姐，我沒有騙妳，勝翔他……他真的還在家裡……」

嘉玲沒有說話，剛才那一幕已經讓她徹底嚇傻了。

*****

「離開這個家吧，不然妳永遠無法擺脫他的。」

這是嘉玲對姵縺提出的衷心建議。

兩人的位置已經從客廳轉移到臥室，根據備忘錄，勝翔22:30之前都會在客廳看政論節目，臥室裡暫時是安全的。

勝翔已經死了，不會再傷害姵縺，這本來是嘉玲堅持的觀點，但親眼看到姵縺剛才受到的攻擊後，嘉玲也開始懷疑了，難道勝翔的鬼魂真的還在這裡？

「姵縺，妳要想清楚，妳必須徹底忘記勝翔，不然妳一輩子都要遵守他畫下的死線，這樣活著還有什麼意義？」

嘉玲苦口婆心地勸著，姵縺則是低頭坐在床邊，看起來還在思考。

這還有什麼好猶豫的？嘉玲實在無法理解姵縺的想法。

突然間，姵縺做出決定，抬起頭來說：「嘉玲姐，我一開始就想清楚了，勝翔是為了這個家努力工作才變成這樣的，身為妻子的我有責任留在這裡陪他。」

「可是……」

「嘉玲姐，沒關係的，妳不用再管我了。」姵縺的眼神逐漸變得堅定，她是真的下定決心了：「勝翔在我身上留下的這些傷口確實很痛，但我還是愛他，這點是不會變的。」

果然是這樣嗎？姵縺無法放下對勝翔的感情一走了之，她自願被困在這個由死線畫成的家裡，繼續過著地獄般的生活。

嘉玲吐出一口沉重的嘆息，說：「好吧，不過我還是很擔心妳，妳讓我在這裡過夜陪妳一晚，然後我就不管妳了。」

「我這裡是有一間客房，不過嘉玲姐，妳真的不用……」

「我只想確定妳真的沒事，讓我住一晚就好。」嘉玲說。

姵緁想了一下，最後只能答應嘉玲的請求，收拾客房來讓嘉玲過夜。

而在嘉玲這邊，擔心姵緁只是她的藉口，她真正的目的還是要讓姵緁脫離被勝翔掌控的恐懼。

嘉玲以前也遇過這樣的個案，就算被另一半打得遍體鱗傷，受害者卻仍死心蹋地愛著對方，這種情況只能來硬的。

嘉玲打算聯絡擅長輔導的社工朋友，叫他們早上一起過來幫忙勸姵緁，假如姵緁還是不聽，她就算用蠻力也要把姵緁從家裡拖出去。

＊＊＊＊＊

深夜兩點，嘉玲躺在客房床上還沒睡著。

她剛剛才結束跟社工朋友的群組對話，他們在群組裡嚴謹地模擬了明天的流程，包含該如何跟姵縺溝通、如何說服她離開勝翔等等，準備就緒後，一切就等天亮了。

這時的姵縺應該已經睡著了，還有勝翔的鬼魂也是。

鬼也需要睡眠嗎？嘉玲不知道，不過在這個家裡，勝翔仍照著他的時間備忘錄在活動著，這是無庸置疑的。

沒想到離開社工界之後還會處理到這種特殊的個案……嘉玲認命地閉上眼睛，準備睡覺。

就在這時，客房外傳來了某種聲響。

有人正在開門，開門的人像是不想被發現似的，動作放得很輕，但嘉玲還是聽到了。

嘉玲以為是姵縺起來喝水或上廁所，於是推開客房的門看了一下。

主臥室就在客房斜對面，嘉玲可以清楚看到主臥的情況。

剛剛的開門聲果然是主臥傳來的，主臥的門微微敞開，從門縫可以看到姵縺還躺在床上，代表起床開門的人並不是姵縺。

難道是勝翔？但他的備忘錄寫得很清楚，23:00上床，十分鐘內睡著，23:10睡覺，然後就沒有了，像他這樣的強迫症患者，不可能去做備忘錄沒有的事。

嘉玲又聽到了另一個聲音。

是從客廳旁邊的小房間傳來的，有人正在翻找東西的聲音。

是勝翔的鬼魂在裡面找東西嗎？

嘉玲躡手躡腳地來到那房間外面，她決定自己一探究竟。

此時房內傳來「叩」一聲，像是有東西被關上的聲音。

這聲音讓嘉玲嚇了一跳，她等了一會，確定房間裡安靜下來後，她才輕輕把門推開。

這房間顯然是堆積雜物用的儲藏室，房裡的灰塵味很重，裡面堆滿了換季的衣物、行李箱以及舊書桌跟衣櫃等用不到的東西。

如果剛才在這裡發出聲音的是勝翔，就代表他每個晚上都會到這裡來，這是他沒有寫在備忘錄上的祕密行程。

嘉玲把手伸向舊書桌的抽屜，因為剛才那一聲叩聽起來很像抽屜關起來的聲音。

拉開抽屜，裡面疊著的是一本又一本的相簿，姵緁跟勝翔的婚紗照也被丟在這裡，封面上看起來很幸福的兩人，現在卻被厚重的灰塵所掩蓋。

每對夫妻都一樣，不管拍攝時有多相愛，這些婚紗照都逃不過被丟進抽屜塵封的下場，如果有東西想藏的話，跟婚紗照藏在一起是個不錯的選擇。

嘉玲開始檢查抽屜裡的相簿，果然在最底層找到一本收納文件用的資料夾，上面沒什麼灰塵，代表有人經常把它拿出來。

翻開資料夾一看，裡面收納著一張又一張的手寫備忘錄，每張備忘錄上都有詳細的日期，以及每個時間點該做的事情。

跟嘉玲上次看過的備忘錄不同，這些備忘錄紀載的是勝翔每天8:10出門上班之後、到20:10回家之前的行程。

上面除了繁忙瑣碎的工作事項外，有幾個行程是勝翔用紅筆寫上去的，代表這些事情對他來說非常重要。

日期	時間	行程	備註
6/9	17:30	離開公司	
	17:50	到〇〇餐廳跟芸倩見面（交友平台約到，第一階段）	
	19:30	用完餐，離開	
	20:10	到家	
6/10	17:50	離開公司	
	18:10	到〇〇街跟心瑜見面（誤差時間十分鐘內）	第二階段
	19:40	開車回家	
	20:10	到家	
6/11	18:00	離開公司	
	18:30	到郁芳家（帶她指定的馬卡龍甜點）	第三階段可能，不可急
	20:10	到家	無論成功與否，要在 20:10 到家
6/12	18:00	離開公司	
	18:15	停車場接絲琪	
	18:40	到絲琪家，進行第三階段	預計 19:40 結束後離開
	20:10	到家	

而那些紅筆記載的行程，每一個都讓嘉玲覺得反胃想吐。

嘉玲連續翻了好幾張備忘錄，內容都差不多，勝翔下班後會跟不同的女性見面，跟她們去哪裡、做什麼事、到第幾階段，上面全寫得一清二楚，嘉玲也能猜到那些「階段」代表的意思。

看來勝翔不只有時間強迫症，他還有濫交的性強迫症，他一直用交友平台在認識其他女性，而且每天一定會跟一個女性見面，更誇張的是，他還把這些精心規畫的備忘錄當成收藏品，藏在跟姵緁拍的婚紗照下面。

勝翔一定是習慣在半夜兩點來這裡整理這些收藏，這個動作反而讓嘉玲意外發現他的真面目，只要讓姵緁看到這些備忘錄，讓她認清這男人的本性，姵緁就能離開這個地獄了。

嘉玲把資料夾抱在懷裡，轉身準備走出儲藏室，突然間，她感覺自己的長髮變得緊繃，像是有人從後面緊抓住她的頭髮，嘉玲還來不及回頭，她的長髮就被一股看不見的力量猛力拉扯，帶動她的頭部往書桌撞去。

碰一聲，嘉玲的太陽穴不偏不倚地撞在桌角上，強烈的疼痛感從嘉玲腦內爆發出來，這股劇痛在瞬間吞噬掉嘉玲的意識，嘉玲眼前一片黑暗，全身無法控制地癱軟在地，她抱在懷裡的資料夾也掉到地上，有幾張備忘錄因為衝擊力而從資料夾中噴飛出來，像落葉般飄落在地板上。

「嗚……」

嘉玲發出昏沉的呻吟聲，以太陽穴為中心發出的疼痛佔據了她所有的意識，直到某種濕熱的液體流到臉上，嘉玲才意識到自己流血了，頭部傷口的血正沿著她的臉龐流下。

流到眼前的鮮紅色提醒嘉玲必須趕快逃跑，剛才發生的事不是意外，而是勝翔下的手，他不想讓嘉玲把他的收藏帶出去。

嘉玲撐起身體想站起來，卻發現自己無法呼吸，有股巨大的力量掐在她的脖子上，直扣住她的咽喉，將她肺部剩餘的空氣一點一點擠出來。

嘉玲用雙手在脖子上亂抓，試著從無形的扼殺中掙脫出來，卻無法阻止這股即將奪走她生命的力量。

她漸漸感覺不到自己的身體，意識越飄越遠，眼前的世界逐漸融化，所有的事物都變得模糊。

這時，房門口出現了一個人影。

嘉玲認出那是姵縺的身影，她一定是聽到聲音後過來的。

「姵縺……」

嘉玲用盡全力張開嘴巴，從快被壓扁的氣管吐出微弱的氣音。

「救……救我……」

姵縺現在是嘉玲唯一的救命希望，但姵縺的視線全放在散落一地的備忘錄上，完全沒理會嘉玲的求救。

姵縺彎腰把備忘錄從地上撿起來，用茫然又絕望的眼神閱讀上面的文字。

不要管那些，先救我再說！嘉玲想要吶喊，但她的肺部已經沒有氧氣能讓她發出聲音了，姵縺接下來的行為更是讓嘉玲難以置信，她對嘉玲投向一個冰冷的眼神，然後直接轉身離開，把剩最後一口氣的嘉玲留在房裡。

姵緁最後的眼神讓嘉玲全身的血液都結凍了。

為什麼？為什麼不救她？

難道看到那些備忘錄後，姵緁仍選擇愛著那個男人嗎？她寧可把朋友丟在這裡等死，也不願意背叛丈夫嗎？

嘉玲很快就無法再思考這些問題了，窒息讓她的心臟跟大腦逐漸停止運作，她耳邊本來還能聽到心臟為了輸送氧氣而全速運作的跳動聲，那聲音現在卻越來越小，越來越弱……

在心跳聲徹底消失之前，嘉玲聽到了某個不可思議的聲音。

那聲音就像火車出軌前的緊急剎車，直接撞進嘉玲的耳膜裡。

那是從客廳傳來的，有東西被砸毀的聲音。

聲音響起的同時，一股清涼的風灌進嘉玲體內，是氧氣。

嘉玲發現掐在脖子上的力量消失了，她開始吸氣，讓氧氣傳送到身體各處。

恢復足夠的力氣後，嘉玲攙扶著牆壁站起身來，此時客廳裡砸東西的聲音仍在繼續，雖然不知道原因，不過嘉玲知道是這聲音救了她。

嘉玲走出儲藏室，乾淨整潔的客廳已是一片狼籍，掛在各處的時鐘全被拆下來丟在地上，而姵緁正化身成時鐘殺人魔，揮舞著鐵鎚把地上的時鐘全都砸成無法辨認的屍塊。

想到姵緁剛才那冰冷的眼神，嘉玲喉嚨發出了緊張的咕嘟聲。

「姵緁……」

聽到嘉玲的聲音後，姵緁停下手中的鐵錘，抬起頭來盯著嘉玲。

「噓，先不要說話。」姵緁豎起食指比向天花板，說：「妳聽，聽到了嗎？」

姵緁的眼神跟語氣像是完全變了一個人，嘉玲有點害怕，但還是選擇聽她的話，豎起耳朵仔細聆聽。

房子裡果然有其他聲音。

沖馬桶的聲音、廚房餐具碰撞的聲音、衣櫃打開又關起來的聲音、電視甚至自動打開來轉到政論節目的頻道開始播放。

「是勝翔，他不知道自己現在該做什麼。」姵緁說：「這種情況他還活著的時候也發生過，只要看不到時間，他就會開始抓狂、然後崩潰。」

嘉玲總算明白了，姵緁剛才那冰冷的眼神並不是在看她，而是在看勝翔，她終於認清這個男人的本性，並決定主動離開這個地獄。

對一個時間強迫症患者來說，不知道現在的時間是極大的折磨，幾乎可以說是毀滅性的災難，只要把家裡跟時間有關的一切都砸掉，他的存在就會毀滅。

「原來妳早就知道離開他的方法了。」嘉玲說。

「我一直可以這麼做，但我沒有，因為我愛他，我也以為他愛我。」

姵緁再一次拿起鐵鎚，瞄準地上最後一個完整的時鐘。

「只不過，這次換他踩到我的死線了。」

說完後，姵緁用力揮下鐵鎚。

隨著最後一個時鐘的破裂，嘉玲彷彿看到勝翔的鬼魂也被姵緁敲入地獄，並從地獄深處發出慘叫。

國家圖書館出版品預行編目資料

亡者路邊攤：鬼魅編織的驚悚與溫情／路邊攤著-- 初版. -- 臺北市：臺灣東販股份有限公司, 2024.01
190面；14.7×21公分
ISBN 978-626-379-160-2（平裝）

863.57　　112019799

亡者路邊攤
鬼魅編織的驚悚與溫情

2024年1月1日初版第一刷發行
2024年5月1日初版第二刷發行

作　　者　路邊攤
編　　輯　王靖婷
封面設計　水青子
發 行 人　若森稔雄
發 行 所　台灣東販股份有限公司
＜地址＞台北市南京東路4段130號2F-1
＜電話＞（02）2577-8878
＜傳真＞（02）2577-8896
＜網址＞http：//www.tohan.com.tw
郵撥帳號　1405049-4
法律顧問　蕭雄淋律師
總 經 銷　聯合發行股份有限公司
＜電話＞（02）2917-8022